Tucholsky   Wagner   Zola   Scott   Sydow   Freud   Schlegel
        Turgenev   Wallace   Fonatne

        Twain   Walther von der Vogelweide   Fouqué   Friedrich II. von Preußen
                    Weber   Freiligrath   Frey
Fechner   Fichte Weiße Rose   von Fallersleben Kant   Ernst
                                                        Richthofen   Frommel
        Engels   Fielding   Hölderlin
    Fehrs   Faber   Flaubert   Eichendorff   Tacitus   Dumas
                                        Eliasberg   Ebner Eschenbach
Feuerbach   Maximilian I. von Habsburg Fock   Zweig
                        Ewald   Eliot   Vergil
        Goethe   Elisabeth von Österreich   London
Mendelssohn Balzac   Shakespeare
                    Lichtenberg   Rathenau   Dostojewski   Ganghofer
    Trackl   Stevenson   Doyle   Gjellerup
Mommsen   Tolstoi   Hambruch
        Thoma   Lenz   Hanrieder   Droste-Hülshoff
Dach   Verne   von Arnim   Hägele   Hauff   Humboldt
        Reuter   Rousseau   Hagen   Hauptmann   Gautier
    Karrillon   Garschin   Gautier
        Damaschke   Defoe   Hebbel   Baudelaire
                    Descartes   Hegel   Kussmaul   Herder
Wolfram von Eschenbach   Dickens   Schopenhauer
        Darwin   Rilke   George
    Bronner   Melville   Grimm Jerome   Bebel   Proust
        Campe   Horváth   Aristoteles
Bismarck   Vigny   Barlach   Voltaire Federer   Herodot
        Gengenbach   Heine
    Storm   Casanova   Tersteegen   Gilm Grillparzer Georgy
        Chamberlain Lessing   Langbein   Gryphius
Brentano   Lafontaine
Strachwitz   Claudius   Schiller   Kralik Iffland Sokrates
    Katharina II. von Rußland Bellamy Schilling
                        Gerstäcker   Raabe   Gibbon   Tschechow
Löns   Hesse   Hoffmann   Gogol   Wilde   Vulpius
    Luther Heym Hofmannsthal Klee Hölty Morgenstern Gleim
        Roth   Heyse Klopstock   Kleist   Goedicke
Luxemburg   Puschkin   Homer   Mörike
        La Roche   Horaz   Musil
    Machiavelli   Kierkegaard   Kraft   Kraus
Navarra Aurel   Musset
    Nestroy Marie de France Lamprecht Kind Kirchhoff Hugo   Moltke
        Nietzsche   Nansen   Laotse   Ipsen   Liebknecht
            Marx   Ringelnatz
    von Ossietzky   Lassalle Gorki   Klett   Leibniz
            May   vom Stein Lawrence   Irving
Petalozzi   Knigge
    Platon   Pückler   Michelangelo   Kafka
    Sachs   Poe   Liebermann   Kock
        de Sade Praetorius   Mistral   Zetkin   Korolenko

Der Verlag tredition aus Hamburg veröffentlicht in der Reihe **TREDITION CLASSICS**
Werke aus mehr als zwei Jahrtausenden. Diese waren zu einem Großteil vergriffen
oder nur noch antiquarisch erhältlich.

Symbolfigur für **TREDITION CLASSICS** ist Johannes Gutenberg (1400 — 1468),
der Erfinder des Buchdrucks mit Metalllettern und der Druckerpresse.

Mit der Buchreihe **TREDITION CLASSICS** verfolgt tredition das Ziel, tausende
Klassiker der Weltliteratur verschiedener Sprachen wieder als gedruckte Bücher
aufzulegen – und das weltweit!

Die Buchreihe dient zur Bewahrung der Literatur und Förderung der Kultur.
Sie trägt so dazu bei, dass viele tausend Werke nicht in Vergessenheit geraten.

Drei Kriminalerzählungen

Oskar Klaußmann

Impressum

Autor: Oskar Klaußmann
Umschlagkonzept: toepferschumann, Berlin

Verlag: tredition GmbH, Hamburg
ISBN: 978-3-8495-3072-3
Printed in Germany

Text der Originalausgabe

Oskar Klaußmann

Drei Kriminalerzählungen

Quelle: PDF mit freundlicher Genehmigung von
www.alte-krimis.de

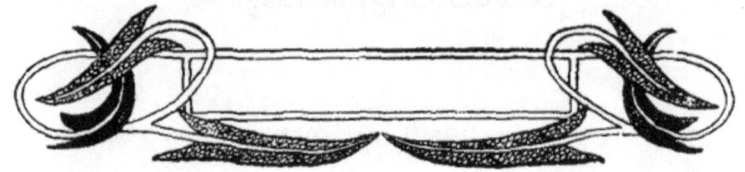

Attentate.

Eine geschichtliche Skizze

(Nachdruck verboten.)

Die meuchelmörderische That des Amerikaners Czolgosz gegen das Leben des Präsidenten der Vereinigten Staaten von Nordamerika lenkt die Aufmerksamkeit abermals auf jene verabscheuungswürdige Gesellschaft, die die »Propaganda der That« auf ihr Panier geschrieben hat und von Zeit zu Zeit, die Welt mit Entsetzen und Entrüstung erfüllend, den Arm gegen irgend ein Staatsoberhaupt erhebt. Häufig genug begegnet man der Ansicht, es könnten nur Wahnsinnige sein, die die Hand zu einem derartigen fluchwürdigen Verbrechen bieten. Indessen liegt in ihren Plänen doch zuviel Methode, als daß man sie schlechthin als Irrsinnige von der Verantwortlichkeit ihrer Handlungsweise freisprechen könnte. Eine gewisse Großmannssucht mag jedem dieser Mordbuben eigen sein. Das sollte indessen nie und nirgends hindern, daß die ganze Strenge des Gesetzes gegen sie zur Anwendung gelangt.

Narren freilich, verbrecherische Narren sind alle diese Attentäter. Denn wären sie es nicht, sie müßten sich doch sagen, daß ihre Handlungsweise eine durchaus thörichte und zwecklose. Selbst wenn ein solcher Meuchelmörder für seine That sogenannte »politische Motive« in Anspruch nimmt, muß er wissen, daß er nie *das* erreicht, was er durch das Attentat bezweckt, sondern immer gerade das Gegenteil. Wenn er sein Land »befreien« will und auf das Staatsoberhaupt ein Attentat macht, so erreicht er unter allen Umständen nur, daß um so strengere Maßregeln und Schritte von Seiten der Regierung getroffen werden. Das letzte Jahrhundert war sehr reich an solchen Attentaten, leider auch an gelungenen. Da die letzten dieser abscheulichen Verbrechen aber noch in frischer Erinnerung sind, begnügen wir uns hier, eine Uebersicht der Attentate von 1800-1850 zu geben, eine Uebersicht, welche lehrreich genug ist.

Am 24. Dezember 1800 wollte sich Napoleon Bonaparte, damals erster Konsul der französischen Republik, in die Oper begeben. Von den Tuilerien, wo er bereits Wohnung genommen hatte, wollte er nach dem für ihn reservierten Eingang in der Oper, in der Rue Saint

Niçaise, fahren. Als der Wagen, dem eine Eskorte voraufritt, in die Rue Saint Niçaise einbog, war der Eingang in dieselbe auf eigentümliche Weise versperrt. Auf der einen Seite des Straßeneinganges hielt ein Fiaker, auf der anderen Seite stand ein kleiner Planwagen, mit einem Pferde bespannt. Ein Soldat der Spitzen-Eskorte zwang den Fiakerkutscher, unter Drohung mit dem Säbel, schleunigst auszuweichen. Einen Augenblick wurde die Passage frei; die Eskorte, und hinter ihr der Wagen des ersten Konsuls, jagten hindurch. Als die den Zug schließende Eskorte durch die Lücke sprengte, erfolgte eine entsetzliche Detonation. Ein grauenhafter Schrei aus Tausenden von Kehlen antwortete. Dann gab es ein Rauschen, Krachen, Splittern und Sausen in der Luft. Sechsundvierzig Häuser stürzten ein oder wurden mehr oder weniger beschädigt. Ein Hagel von Steinen, Glas und Holz fiel auf die ganze Umgebung nieder, Rauch, Pulverdampf und Flammen erfüllten die Luft. Eine Höllenmaschine war explodiert, und es handelte sich um ein Attentat gegen den ersten Konsul. Jener kleine, mit einem Pferde bespannte Planwagen, der jetzt vollständig verschwunden war, hatte die Höllenmaschine enthalten. In dem Memorial von St. Helena berichtet Napoleon selbst über dieses Attentat:

»Diese höllische Erfindung wurde von den Royalisten ausgeführt, nach einem von den Jakobinern entworfenen Plane: Etwa ein Hundert wütender Jakobiner, die Reste der Septembermörder, der Schlächter vom 10. August, hatten sich entschlossen, den ersten Konsul wegzuschaffen. Sie hatten dazu eine Art Haubitzen erfunden, 15 bis 16 Pfund im Gewicht, die, in den Wagen geworfen, zerspringen und alles umher zerschmettern sollten. Um ihres Wurfes sicher zu sein, wollten sie eine Anzahl Fußangeln in den Weg werfen, welche die Pferde hemmen und den Wagen stillstehen machen sollten. Der Handwerker, bei welchem man diese Fußangeln bestellte, schöpfte indessen Verdacht und benachrichtigte die Polizei davon. Man kam den Leuten bald auf die Spur und ergriff sie auf der That selbst, als sie außerhalb Paris, am Jardin des Plantes, die Wirkung dieser Maschine, die furchtbar war, probierten.

Der erste Konsul, der es sich zum System gemacht, von den zahlreichen Verschwörungen, deren Ziel er war, so wenig wie möglich Aufhebens zu machen, wollte auch nicht, daß man diese verfolge; er begnügte sich damit, die Schuldigen einsperren zu lassen. Bald ließ man von der anfänglichen Strenge gegen sie nach, und, der einsamen Haft entlassen, erhielten sie im Gefängnis eine gewisse Freiheit. In demselben befanden sich auch einige Royalisten, welche den ersten Konsul mit Windbüchsen hatten erschießen wollen. Diese beiden Banden machten gemeinschaftliche Sache und teilten ihren Freunden draußen den Plan zu einer Höllenmaschine mit, die allen übrigen Mitteln vorzuziehen wäre.

Es ist merkwürdig, daß der erste Konsul am Abende der Katastrophe einen Widerwillen empfand, auszufahren. Madame Bonaparte und einige seiner Vertrauten wollten durchaus, daß er an einem Auditorium, das an jenem Abend stattfand, teilnehmen solle. Er war aber schon auf dem Kanapee eingeschlafen und es kostete viel Mühe, ihn zu wecken. Einer brachte ihm den Degen, der andere den Hut. Im Wagen selbst fiel Napoleon wieder in Schlaf. Als er die Augen öffnete, glaubte er im Tagliamento zu schwimmen. Um dies zu verstehen, muß man wissen, daß er, einige Jahre früher, als General der italienischen Armee, des Nachts in seinem Wagen den Tagliamento passiert hatte, gegen den Rat derer, die um ihn waren. Im Feuer der Jugend, und von Hindernissen nichts wissend, hatte er diesen Uebergang versucht, umgeben von hundert Bewaffneten mit Fackeln und Feuerbränden. Aber plötzlich fing der Wagen zu schwimmen an. Er lief die größte Gefahr und hielt sich wirklich für verloren. Daher, als er in diesem Augenblicke mitten unter Flammen und einer furchtbaren Erschütterung erwachte und den Wagen unter ihm sich erheben fühlte, kehrten alle Eindrücke der nächtlichen Fahrt über den Tagliamento ihm zurück. Es dauerte aber nur eine Sekunde, denn jetzt erdröhnte der entsetzliche Knall. »Wir sind in die Luft gesprengt,« waren seine ersten Worte, die er an Lannes und Bessieres richtete, die im selben Wagen fuhren. Diese wollten augenblicklich halten lassen, aber er rief ihnen zu, sie möchten sich hüten. Der erste Konsul kam in der Oper an, als wäre nichts vorgefallen. Er war gerettet worden durch die Kühnheit und Schnelligkeit seines Kutschers. Die Maschine erreichte nur ein oder zwei Leute.

Die allertrivialsten Umstände haben oft die ungeheuersten Folgen. Der Kutscher war betrunken, und es ist sicher, daß diese Trunkenheit die Tage des ersten Konsuls verlängert hat. Der Kutscher hielt die furchtbare Explosion für Salutschüsse.«

Im ganzen waren zweiundzwanzig Personen durch die Höllenmaschine getötet worden, sechsundfünfzig waren verstümmelt. In den Kaffeehäusern neben der Oper wurde es plötzlich Nacht; die anwesenden Gäste sanken in Betäubung und Bewußtlosigkeit nieder, und als sie erwachten, waren sie zum Teil erblindet, ihre Glieder waren zerschmettert, Glasstückchen waren ihnen über den ganzen Körper in das Fleisch gedrungen. Man sah noch lange nach der entsetzlichen Begebenheit die unglücklichen Bewohner der Rue Saint Niçaise sich wie Gespenster längs der Schutthaufen ihrer zerstörten Häuser hinschleppen, ohne Arme oder Beine, mit furchtbar zerstörten Gesichtern, so meldet uns ein Zeitgenosse noch aus dem Jahre 1848. Viele dieser Leute waren völlig kindisch geworden. Erst am 18. November 1811 starb eine Frau auf ihrem Schmerzenslager, Madame Pasquier, welche eine der schönsten und liebenswürdigsten in Paris gewesen war. Die Explosion hatte sie, mit ihrem Kinde im Arm, gegen die Decke des Zimmers geschleudert. Das Kind war bald gestorben, sie selbst war ein Schreckbild von erschütternder Häßlichkeit geworden, behaftet mit derartigen Leiden, daß sie sich den Blicken der Menschen entziehen mußte.

Es war zuerst keine Spur von den Verbrechern zu entdecken, aber das Entsetzen über die grausige That war in Paris allgemein. Es meldeten sich von selbst Leute, die der Polizei bei Entdeckung der Verbrecher Hilfe leisteten, und nach wenigen Tagen wußte man, daß besonders drei Personen, Carbon, Saint-Rejan und Limoesau die That vorbereitet und ausgeführt hatten. Die Drei waren ausnahmslos Mitglieder der Legitimisten-Partei, und sie hatten bei Damen der legitimistischen Partei Hilfe, Förderung und nach dem Attentat ein Versteck gefunden. Limoesau gelang es, zu entwischen, Carbon, Saint-Rejan und die männlichen und weiblichen Helfershelfer, welche indirekt das Verbrechen gefördert und unterstützt hatten, kamen auf die Anklagebank. Carbon und Saint-Rejan starben auf der Guillotine, die anderen Beteiligten wurden zu mehr oder weniger schweren Freiheitsstrafen verurteilt. –

Im Jahre 1796 kam Kaiser Paul I. von Rußland zur Regierung. Er war der Sohn Katharinas II. und des unglücklichen Peters III. Letzterer war von den Verschworenen, welche Katharina II. auf den Thron brachten, ermordet worden, und das unglückliche Schicksal seines Vaters lastete auf seinem unglücklichen Sohn Paul Zeit seines

Lebens. Aber auch Katharina II. fürchtete einen Gewaltstreich ihres Sohnes gegen sie. Sie hielt ihn daher in engster Abgeschlossenheit, unter strengster, heimlicher Bewachung, duldete nicht, daß er in die Oeffentlichkeit trat, und ging sogar mit dem Plan um, ihn von der Thronfolge auszuschließen. Diese Absicht der Kaiserin kam aber nicht zur Ausführung. Als sie starb, war Paul I. dreiundvierzig Jahre alt und hatte zwei erwachsene Söhne, Alexander und Constantin. Er war in zweiter Ehe verheiratet mit einer württembergischen Prinzessin, einer liebenswürdigen, tüchtigen Frau, welche sich nur leider zu sehr den Launen und Kleinlichkeiten des Gatten fügte. Den größten Teil der dreiundvierzig Jahre seines bisherigen Lebens hatte Paul I. damit zugebracht, um eine kleine Truppe unglücklicher Soldaten zu drillen und an ihnen dienstlich herumzunörgeln. Er brachte es auch noch als Kaiser fertig, stundenlang durch ein Fernrohr entfernte Wachtposten zu beobachten, um zu sehen, ob sie auch das Gewehr genau so trugen, wie die Vorschrift verlangte. Der unglückliche Vater Pauls I., Peter III., war unzweifelhaft geistesgestört gewesen, und ebenso unzweifelhaft ist es nach unseren heutigen Begriffen, daß auch Paul I. geistig nicht normal war. Seine ersten Regierungshandlungen waren indes sehr verständige. Er schaffte drückende Verordnungen und Gesetze seiner Mutter ab, er behandelte die Günstlinge seiner Mutter liebenswürdig, er rächte sich nicht einmal an den Mördern seines Vaters und ordnete nur an, daß die ausgegrabene Leiche desselben gleichzeitig mit der Leiche seiner Mutter noch einmal beerdigt würde, und daß beiden Leichen die gleichen kaiserlichen Ehren dabei zu teil würden. Dann kam aber eine Flut von Verordnungen und neuen Gesetzen, welche nicht mehr Freude, sondern Kopfschütteln verursachten. Hunderte von Verfügungen ergingen allein wegen der Uniformierung der Soldaten, und die Offiziere, welche nicht innerhalb vierundzwanzig Stunden sich nach der neuesten Uniformierung richteten, prügelte der Kaiser eigenhändig durch, schickte sie nach Sibirien, ließ sie in die Gefängnisse werfen oder zu Tode knuten. Er erließ eine Verordnung, daß hinfort nicht mehr die Worte »Magazin« und »Revolution« in Rußland gebraucht werden dürften. Er erließ eine Verordnung, daß kein Mensch einen runden Hut tragen dürfte. Das Wort »Freiheit«, das Wort »kahl« und das Wort »stumpf« wurden ebenfalls im öffentlichen, mündlichen und schriftlichen Verkehr bei strengster Strafe verboten. Furcht, Grausamkeit und kleinliche Nörgelei bestimmten alle Handlungen des Kaisers. Er hatte nur einen Günstling, einen türkischen Knaben, den die Russen bei der Einnahme von Bender gefangen genommen hatten. Dieser Knabe wurde Diener Pauls I., später Kammerdiener, endlich Stallmeister und allmächtiger Günstling. Diesem Menschen traute er allein. Vor allen anderen Leuten fürchtete er sich, und insbesondere glaubte er daran, daß seine Söhne und seine Frau ähnlich gegen ihn handeln könnten, wie seine Mutter gegen seinen Vater. Wenige Wochen nach der Thronbesteigung ließ er in der Nacht seine beiden Söhne zu sich in das Schlafzimmer kommen und zwang sie, auf die Bibel und das Kruzifix ihm zu schwören, daß sie nichts Böses gegen ihn im Schilde führten, daß sie ihn nicht töten wollten, und daß sie nicht beabsichtigten, ihn zu entthronen. Mit Hilfe des Günstlings kamen die verbannten Mitglieder der Familie Subow, die schon unter Katharina II. eine große politische Rolle gespielt hatten, wieder an den Hof. Graf Pahlen, der Gouverneur von Petersburg, schloß mit ihnen Freundschaft. Man gewann den Grafen Talitzin, den Obersten des vornehmsten Garderegiments der Preobashenski, ferner den General Bennigsen und endlich den Artillerie-General Tatschiwill. Diese Großwürdenträger beschlossen die Entthronung Pauls I. Nicht nur im Innern brachten nämlich die Verfügungen des Zaren Unheil, sondern auch nach außen. Er erklärte Spanien den Krieg, er wollte England vernichten, weil es ihm Malta nicht ausliefern wollte, nachdem er sich zum Großmeister des Maltheserordens gemacht hatte und seinen Kammerdiener und Stallmeister zum zweiten Großmeister. Auch die Söhne des Kaisers wußten, daß man ihren Vater entthronen wollte. Nur zögernd hatten sie die Zustimmung gegeben, sich jedoch ausdrücklich ausbedungen, daß ihm nicht das Leben genommen würde.

Der Zufall spielte auch bei dieser Katastrophe, wie meist im Leben, eine große Rolle. Wo sich Paul I. auch befand, ob in Petersburg oder in einer Sommerresidenz, stets lagerten in dem Schlosse, in dem er wohnte, mehrere Regimenter Soldaten, die er in schlaflosen Nächten, in denen ihn die Furcht quälte, öfter probeweise alarmieren ließ. Ein Jahr vor seinem Ende und vier Jahre nach Antritt seiner Regierung, gab es in einer Nacht auf dem Lustschloß Pawlowsk eine unglaubliche Scene. Das Alarmsignal ertönte, und mit Windeseile stellten sich die alarmierten Truppen bewaffnet im Hofe des

Residenzschlosses auf. Kaiser Paul hatte aber das Alarmsignal nicht gegeben. Er nahm an, es handele sich um eine Verschwörung gegen sein Leben, er schloß sich in seinem Zimmer ein und betrug sich derartig kopflos und feige, daß man sich sagen mußte, er würde bei jeder anderen Gelegenheit sich auch nicht zu helfen wissen und sich nicht zu retten verstehen. Es kam schließlich heraus, daß Paul an dieser Alarmierung indirekt Schuld trug. Er hatte befohlen, daß die russischen Postillone, gleich den deutschen, Posthörner mit sich führen und bei der Abfahrt und Ankunft auf den Stationen Signale geben sollten. Diese Verordnung war noch nicht allgemein bekannt, und als in der Nacht die erste Extrapost von Petersburg in Pawlowsk eintraf, und der Postillon sein Signal blies, hatten dies die Wachen für das Alarmzeichen gehalten. Die ganze Scene hatte den Verschworenen bewiesen, wie leicht der Kaiser zu überrumpeln war, wie andererseits dem Kaiser klar wurde, daß er selbst seiner nächsten Umgebung nicht sicher war, weil diese Leute bei dem Alarm eine zweideutige Rolle gespielt hatten. Er beschloß, den durch seine Roheit und Grausamkeit berüchtigten General Arakt-schejew, der schon einmal Gouverneur von Petersburg gewesen war, und an den die Petersburger nur mit Entsetzen dachten, in seine Nähe zu berufen. Er schrieb heimlich einen Brief an Arakt-schejew, in dem er ihn beschwor, zu ihm zu kommen, und betraute mit der Zustellung des Briefes einen besonderen Courier. Nun durf-te aber kein Courier aus Petersburg heraus, der nicht einen von Graf Pahlen, dem Gouverneur, unterzeichneten Paß besaß. Der Courier wurde angehalten, zu Graf Pahlen gebracht, und als dieser die Ad-resse des Generals Araktschejew sah, wußte er, was die Glocke geschlagen hatte. Er erbrach den Brief und sah, daß er abgesetzt und daß Araktschejew sein Nachfolger werden sollte. Er ließ daher kurzer Hand den Kourier einsperren, so daß Araktschejew niemals Nachricht vom Kaiser erhielt. Dann rief Pahlen die Verschworenen zusammen und sagte ihnen, daß gehandelt werden müsse. In der Nacht zum 24. März (russischen Stils, 4. April neueren Stils) 1801 sollte Paul I. in seinem Schlafzimmer überfallen und mit Gewalt zur Abdankung, zu Gunsten seines ältesten Sohnes Alexander, ge-zwungen werden. Alexander wußte um den Plan, bat Graf Pahlen aber flehentlich, den Vater zu schonen und ihm nicht das Leben zu nehmen. Dem Großfürsten Konstantin, dem Bruder Alexanders, der für unzuverlässig galt, wurde erst eine Stunde vor Ausführung des Planes Mitteilung gemacht.

Noch einmal spielte der Zufall eine merkwürdige Rolle. Am Morgen des 23. März ritt der Kaiser mit seinem Leibstallmeister spazieren. Es näherte sich dem Kaiser ein Mann, der ihm einen Brief übergeben wollte. Dieser Brief enthielt die vollständige Enthüllung des Komplotts gegen den Kaiser. Der Leibstallmeister nahm den Brief ab, steckte ihn in seine Uniform und vergaß ihn, als er nach Hause kam und sich umkleidete.

Am Abend des 23. März alten Stils fanden sich die Verschworenen beim General Talitzin, dem Chef der Preobashenskischen Garde, zusammen. An einer gut besetzten Tafel hielt man die letzte Besprechung. Fast sämtliche Offiziere der Preobashenskischen Garde waren mit im Komplott, und um Mitternacht brachte Graf Pahlen noch zwei Dutzend junger Leute aus den besten Familien, die vor einigen Tagen infolge einer Laune des Kaisers in grausamster Weise geknutet und ins Gefängnis geworfen worden waren. Aus dem Gefängnis hatte sie Graf Pahlen selbst geholt, um sie als Rachekorps gegen den unglücklichen Kaiser zu verwenden. Eine halbe Stunde nach Mitternacht brachen die Verschworenen auf. Es waren ungefähr sechzig und sie teilten sich in zwei Haufen, welche vom Grafen Pahlen und von Subow geführt wurden. Durch zwei verschiedene Eingänge drangen sie in das Winter-Palais, und die Wachen und Posten ließen sie passieren, da die ihnen bekannten Großwürdenträger an der Spitze standen und den Posten erklärten, der Kaiser habe sie zu einem eiligen Kriegsrat berufen.

Kaiser Paul war in seinem Schlafzimmer eingeschlossen. Dieses war von zwei anderen Zimmern flankiert, in dem sich ein Adjutant mit einer Anzahl Kammerhusaren aufhielt. In weiter vorgelegenen Zimmern befanden sich Soldatenwachen, ebenso standen Soldaten-Piketts auf den Treppen, die von zwei Seiten zu der Etage führten, in der das Schlafzimmer lag. Die Soldatenwachen erwiesen den Generälen die Honneurs und ließen sie passieren. An das Zimmer des diensthabenden Adjutanten klopften die Verschworenen und sagten ihm, er solle den Kaiser wecken, es sei Feuer in der Stadt. Der Adjutant klopfte an die Schlafzimmerthür Pauls, und dieser schob durch einen Mechanismus, den er über seinem Bette leicht erreichen konnte, den Riegel an der Thüre zurück. Der Adjutant trat ein, aber gleichzeitig drangen die Verschworenen in die Vorzimmer. Der Kaiser hörte das Geschrei und flüchtete, im Hemd und nur mit einem Degen bewaffnet, hinter einen Bettschirm. Aber kaum hatten die Verschworenen das Zimmer betreten, als sie ihn auch in seinem Versteck entdeckten. Subow wandte sich an ihn mit folgenden Worten:

> »Sie sind Gefangener des Kaisers Alexander, und wenn Sie keinen Widerstand leisten, haben Sie für Ihr Leben nichts zu befürchten. Unterschreiben Sie augenblicklich diese Urkunde, durch welche Sie zu Gunsten Ihres Sohnes dem Throne entsagen!«

Paul I. begann fürchterlich zu schimpfen und drang mit dem Degen auf Subow ein. Schon wichen einzelne der Verschworenen zurück. General Bennigsen aber schrie ihnen zu, zu bleiben, da sonst alles verloren sei. Gleichzeitig warf sich General Tatschiwill mit einigen betrunkenen jüngeren Offizieren auf den Kaiser, der zu Boden stürzte. Die Nachtlampe fiel mit dem Tische um, auf dem sie stand, und tiefe Finsternis herrschte im Zimmer. »Konstantin, Konstantin!« hörte man noch den unglücklichen Kaiser schreien, dann ging das Schreien in ein Gurgeln über, und als man Licht brachte, lag Paul I. erdrosselt am Boden.

Seine Frau und deren Umgebung, die in der Nähe seiner Zimmer wohnten, hatten nichts von alledem vernommen. Mit Zittern und Beben aber hatten die beiden Großfürsten, die eine Etage unter dem Kaiser wohnten, den Skandal über ihren Köpfen gehört. Bennigsen begab sich zu Alexander, um ihm mitzuteilen, daß er Kaiser aller Reußen sei. Als Alexander hörte, daß sein Vater ermordet war, gab er sich aufrichtigem Schmerze hin. Er war außer sich, daß sein Regierungsantritt durch diese Gewaltthat befleckt war. Aber es galt, zu handeln. Noch in der Nacht wurden die Truppen alarmiert und schwuren dem neuen Kaiser Treue, und ganz Petersburg jubelte am nächsten Tage, als man erfuhr, daß ein neuer Kaiser an Stelle des despotischen, launenhaften Paul getreten war. –

Der Feldzug des Jahres 1809 hatte Napoleon I. neue Triumphe gebracht. Er hatte Oesterreich gedemütigt, und als Triumphator hielt er am 13. Oktober 1809 bei dem königlichen Lustschloß Schönbrunn in der Nähe von Wien eine große Heerschau über seine siegreichen Truppen ab. Als Napoleon im Kreise seiner Offiziere vor der Front der Truppen stand, nahte sich ein junger Mann von fast knabenhaftem Aussehen, der ein Bittschreiben trug, das er dem Kaiser allein übergeben wollte. Der General Rapp, einer der ältesten Freunde Napoleons, hatte jedoch eine besondere Unruhe an diesem auffallend jungen Menschen bemerkt. Er fragte ihn, was er wolle, und als der junge Mann verlegene Antworten gab, ließ ihn Rapp sofort abführen und ihn untersuchen. Man fand bei dem Jüngling ein langes, scharf geschliffenes Küchenmesser. Ohne weiteres gab der junge Mann zu, daß er mit diesem Napoleon habe erstechen wollen. Napoleon sei ein Tyrann, der Deutschland geknechtet und unglücklich gemacht habe, und er müsse durch einen Deutschen getötet werden, der sein Leben zum Opfer brächte, gleich einem der römischen Helden, die für ihr Vaterland zu sterben wußten.

Dieser junge, schwärmerische und etwas konfuse Mann hieß Friedrich Stapß. Am 14. März 1793 in Naumburg geboren, war er also zu dieser Zeit erst siebzehn und ein halbes Jahr alt. Er war in Leipzig als Kaufmann in Stellung und hatte hier den Plan gefaßt, Napoleon zu ermorden. Zu diesem Zwecke war er nach Wien gereist und von dort nach Schönbrunn geeilt. Napoleon hatte Mitleid mit dem jungen, schwärmerischen Manne und ließ ihn zu sich bringen.

»Ich werde Sie begnadigen!« erklärte Napoleon. »Was werden Sie thun, wenn ich Sie Ihren Eltern wieder zurückgebe?«

»Ich werde aufs neue den Versuch machen, Sie zu töten!« war die Antwort. Damit sprach sich Stapß sein Todesurteil. Napoleon konnte ihn jetzt nicht mehr begnadigen. Am 17. Oktober wurde Stapß erschossen.

Man hat versucht, aus Stapß einen deutschen Nationalhelden zu machen. Mit Unrecht! Denn der politische Meuchelmord bleibt unter allen Umständen etwas Verwerfliches. Man kann die Handlung des unglücklichen Stapß mit seiner Jugend, seiner schwärmerischen Vaterlandsliebe, seinem Idealismus entschuldigen, aber man darf sie unter keinen Umständen billigen! –

Es war im Jahre 1820. In Frankreich regierte König Ludwig XVIII., der 1814 zum zweiten Male durch die Hilfe der Alliierten auf den französischen Königsthron gekommen war. Der König war alt und kinderlos; die Hoffnung des Landes beruhte auf dem Neffen des Königs, dem Herzog von Berry, einem überaus beliebten Mann, der zu den edelsten Mitgliedern der Bourbonen-Familie gehört hat. Er war zweiundvierzig Jahre alt, vermählt mit einer Prinzessin von Sizilien, und Vater eines kleinen Mädchens. Am 13. Februar 1820 besuchte der Herzog von Berry mit seiner Frau die Oper. Es war ein Fastnachtssonntag. Kurz vor elf Uhr wollte sich die Herzogin von Berry zu einem anderen Feste begeben, während der Herzog das Ballett im Opernhause bis zum Schlusse sich anzusehen gedachte. Der Herzog begleitete seine Gemahlin die Treppe hinunter bis zum Wagen. Kaum hatte sie mit Hilfe ihres Gemahls das Gefährt bestiegen, und dieser war eben im Begriff, durch den für die königliche Familie bestimmten Separateingang in das Opernhaus zurückzukehren, als sich durch seine Umgebung ein kleiner Mann drängte, der ihn mit seiner linken Hand an der linken Schulter faßte und ihm mit der rechten einen derartigen Dolchstoß in die rechte Seite versetzte, daß das Eisen in der Wunde stecken blieb.

»Ich bin ermordet!« schrie der Herzog und sank gegen die Mauer. Mit einem gellenden Schrei sprang die Herzogin aus der Kutsche, aus welcher sie die schreckliche Scene gesehen hatte, heraus und fing ihren sinkenden Gatten in ihren Armen auf. Man schaffte den Herzog in das Theater, in ein kleines Zimmer im Parterre, und holte Aerzte.

Der Mörder hatte sich geflüchtet, er war im Gewühl verschwunden. Aber einige Gendarmen eilten ihm nach. und obgleich er im langsamsten Schritt, und wie ein harmloser Spaziergänger, die Boulevards hinunterging, wurde er verdächtig. Ein Kaffeehauskellner hielt ihn fest, und die Gendarmen nahmen ihn in der Rue de Richelieu gefangen. Der feige Meuchelmörder hieß Louvel und war im Jahre 1783 zu Versailles geboren. Er hatte die Republik mitgemacht und war ein begeisterter Republikaner. Dann war er ein ebenso fanatischer Anhänger und Bewunderer Napoleons geworden, und deshalb haßte er die Bourbonen, die nach dem Sturze Napoleons wieder auf den Thron gekommen waren. Er gestand sein Verbrechen ohne weiteres ein und erklärte, daß er schon im Jahre 1814 den

Plan gehabt habe, Ludwig XVIII. oder den ersten besten Prinzen zu ermorden. Seit sechs Jahren hatte er den Morddolch bei sich getragen, hatte er die königliche Familie umschlichen, hatte er besonders die Theaterzettel genau studiert, um zu wissen, wann der König oder einer der Prinzen in einem Theater sein könnte. Louvel hatte den verrückten Plan, alle Bourbonen zu ermorden, und mit dem Herzog von Berry oder mit dem Könige wollte er den Anfang machen.

Sein schändlicher Anschlag war nur zu gut geglückt. Der Herzog von Berry war tödlich verletzt. Man konnte ihn nicht einmal aus dem kleinen Zimmer im Theater forttransportieren. Hier nahm er Abschied von seiner Tochter, die man herbeigebracht hatte, und von seinen Getreuen. Nach Mitternacht kam Ludwig XVIII. und kniete weinend an dem Bette des Neffen nieder, der die Hoffnung der Bourbonen-Familie gewesen war und mit dessen Tode der Mannesstamm der Bourbonen erlosch. Eine rührende Scene zwischen dem Sterbenden und dem König spielte sich ab. Der Herzog bat flehentlich den König, dem Attentäter zu verzeihen und ihn zu begnadigen. Der König antwortete ausweichend, indem er fortwährend darauf hinwies, der Zustand des Herzogs sei nicht so gefährlich. Aber der Herzog kannte seinen Zustand besser. Er klagte nicht über diesen, sondern nur darüber, daß er nicht auf dem Schlachtfelde gestorben sei, sondern von der Hand eines Franzosen fallen müsse. Er beklagte sehr, daß sein Tod neues Blut, das des Mörders, fordern würde. Gegen Morgen starb der unglückliche Herzog von Berry.

Louvel behielt sein trotziges Wesen auch vor Gericht bei. Er war zwar Soldat gewesen, und man hatte ihn in der napoleonischen Zeit trotz seiner Schwächlichkeit zum Soldaten gemacht, aber man mußte ihn wieder entlassen, da er den Strapazen des Soldatenlebens nicht gewachsen war. Er war Landwirt, hatte aber sein Vermögen in den letzten Jahren verbraucht, weil er nichts that, sondern nur noch die königliche Familie umschlich. Louvel wurde zum Tode verurteilt; er weigerte sich hartnäckig, sich von einem Geistlichen trösten zu lassen, als er am 7. Juni 1820 hingerichtet werden sollte. Wahrscheinlich, um seine Strafe zu verschärfen und um ihn die Todesangst gründlich auskosten zu lassen, wurde die Hinrichtung von sechs Uhr morgens auf acht Uhr, dann auf zehn Uhr und endlich auf sechs Uhr abends verschoben. Um sechs Uhr abends starb Louvel endlich, bis zum letzten Augenblicke trotzig, ein Fanatiker, der mit seinem Mut und seiner Thatkraft an anderer Stelle vielleicht dem Staate recht gute Dienste hätte leisten können. –

Am 9. Oktober 1831 fiel der Präsident der griechischen Republik Kapodistrias als Opfer eines Attentats. Kapodistrias war ein Korfiote. Er hatte sich als Staatsmann bewährt, war früher in russischen Diensten und hatte mit russischer Hilfe an der Befreiung Griechenlands mitgearbeitet. Um Griechenland zu einem angesehenen Staate zu machen, glaubte Kapodistrias mit großer Strenge gegen alle Revolutionäre vorgehen zu müssen, glaubte er verpflichtet zu sein, alle die Verschwörer streng zu behandeln, welche doch seit Jahrhunderten nichts anderes als Verschwörungen und Revolutionen im Interesse des Vaterlandes gekannt hatten. Kapodistrias fiel schließlich nicht einmal aus politischen Gründen, sondern als Opfer einer Familienrache. Zu den aufsässigsten Notabeln Griechenlands gehörte der Mainotenfürst Petro Mauromichalis. Kapodistrias sah sich veranlaßt, ihn gefangen zu setzen. Der Präsident hielt sich damals in Nauplia auf, wo er unter dem Schutz der russischen Flotte residierte. Die neunzigjährige Mutter des Mauromichalis bat um Freilassung ihres Sohnes; aber Kapodistrias lehnte dies ab. Der Bruder des Mauromichalis, Constantin, und der Sohn des Gefangenen, Georg, drohten darauf dem Kapodistrias mit der Blutrache. Der Präsident ließ auch diese beiden gefährlichen Fanatiker einsperren, aber sie bestachen die Wärter, und als sich Kapodistrias am 9. Oktober 1831 nach der Heilig-Geistkirche begab, standen an der Thür derselben Constantin und Georg Mauromichalis in Begleitung ihrer bestochenen Wärter. Auf eine Entfernung von zwei Schritt schoß Constantin Mauromichalis den Präsidenten mit einer Pistole durch den Kopf, und Georg rannte ihm seinen Dolch wiederholt in den Leib. Kapodistrias verschied nach wenigen Minuten; Constantin wurde vom Volke zerrissen und sein Leichnam in das nahe Meer geworfen, während Georg nach dem Hause des französischen Residenten entkam, der ihn indessen den Behörden auslieferte. Der Nachfolger und Bruder des Kapodistrias Augustin erzwang die Bestrafung dieses Schuldigen, indem er erklärte, die Leiche seines ermordeten Bruders nicht früher begraben zu lassen, bis Georg Mauromichalis bestraft sei. Unter den Mauern des Kerkers, in dem sein Vater saß, vor den Thoren Nauplias, wurde Georg Mauromichalis am 20. Oktober erschossen. –

Ein erfolgloses Attentat beging am 9. August 1832 der ehemalige Hauptmann Franz Reindl gegen Ferdinand V., den Sohn Kaiser Franz' I. von Oesterreich. Ferdinand V. war seit 1830 König von Ungarn. Er war einer der liebenswürdigsten, rücksichtsvollsten Menschen, allerdings auch ein schwacher Charakter. Reindl hatte von dem ungarischen Könige eine große Geldsumme erbeten, und da ihm diese nicht gewährt wurde, beschloß er, sich für die Absage zu rächen. In seiner Herzensgüte setzte Ferdinand es durch, daß sein Vater den Unglücklichen nicht hinrichten ließ, sondern ihn zur Einsperrung verurteilte. Als 1835 Ferdinand von Ungarn unter dem Namen Ferdinand I. von Oesterreich auf den Kaiserthron kam, ließ er sogar den Attentäter sofort frei. –

Im Jahre 1830 hatte Louis Philipp, der ›Bürgerkönig‹, den Thron von Frankreich bestiegen. Sein Regierungsantritt hatte nicht den allgemeinen Beifall der Franzosen gefunden. Gegen ihn arbeiteten gleichzeitig die Legitimisten, die Bonapartisten und die Republikaner, und selbst seine Anhänger spalteten sich in verschiedene Parteien, die sich unter einander auf das heftigste befehdeten. Die 18 Jahre, während deren Louis Philipp in Frankreich regierte, waren eine Zeit beständiger politischer Aufregungen, und so ist es eigentlich kein Wunder, daß in dieser Zeit ungefähr *ein Dutzend Attentate* gegen ihn verübt wurden, von denen indes kein einziges ihm besonderen Schaden gebracht hat. Als er am 19. November 1832 nach der Kammer fuhr, um hier einer Sitzung beizuwohnen, wurde, kurz bevor er in dem Kammergebäude eintraf, ein Pistolenschuß auf ihn abgefeuert. Der Thäter ist niemals entdeckt worden. Der König selbst erklärte, er habe die Kugel nicht pfeifen hören, und seine Gegner behaupteten, die Polizei habe dieses Attentat absichtlich in Scene gesetzt und damit eine Komödie gespielt. Die darauf folgenden schweren Attentate haben indes bewiesen, daß sich wohl Leute fanden, die Louis Philipp nach dem Leben trachteten. Am 28. Juli 1835, am Jahrestage der Juli-Revolution, die Louis Philipp zum Könige gemacht hatte, hielt dieser auf den Pariser Boulevards eine große Heerschau ab. 30 000 Mann Linie und 20 000 Mann Nationalgarden waren aufmarschiert. Die letztere stand auf dem Boulevard du Temple. Als der König, gefolgt von den Prinzen und Generälen, bis zur 8. Legion der Nationalgarden gekommen war, erfolgte eine ungeheuerliche Explosion. Wehegeschrei erfüllte die Lüfte. Personen lagen am Boden. Generäle, Offiziere, Nationalgarden, Frauen, Kinder, harmlose Zuschauer, Hofbeamte waren tot oder verstümmelt. Der König selbst und die Prinzen blieben am Leben, ersterer wurde überhaupt nur leicht verwundet. Es war eine Höllenmaschine zur Explosion gebracht worden, und zwar bestand dieselbe aus 24 über- und nebeneinander angeordneten Flintenläufen die mit sehr starker Pulverladung und vielen Kugeln gefüllt waren. Von den 42 getroffenen Personen waren 19 tot. Unter ihnen befand sich leider der Marschall Mortier, der auf so vielen Schlachtfeldern dem Tode entgangen war und ihn hier durch die nichtswürdige That eines Meuchelmörders finden mußte. Hinter der Höllenmaschine fand man den Mann, der dieselbe abgefeuert hatte, selbst in schwerverletztem Zustand. Es war ein gewisser Fieschi, ein Korse, ein verlumpter, moralisch verkommener Mensch, der unter Napoleon gedient hatte, dann in Italien Soldat, Spion und Verschwörer gewesen war. Als er nach dem Untergang des Königreichs Murats nach Korsika zurückkam, wurde er dort wegen vielfacher Diebstähle zu zehnjähriger Gefängnisstrafe verurteilt und kam bei Ausbruch der Juli-Revolution nach Paris, wo er sich unter dem Vorwand, er sei ein politischer Märtyrer, eine Pension zu erschwindeln wußte. Er erhielt auch eine Anstellung, die ihm aber wegen seiner Unehrlichkeit wieder abgenommen wurde. Als man ihn wegen seiner notorischen Lumpenhaftigkeit nirgends mehr anstellte, beschloß er, sich an dem Könige zu rächen. Zu diesem Zweck setzte er sich in Verbindung mit ein paar anderen Leuten, die dem Könige nicht wohlwollten, harmlosen Handwerkern, von denen der eine ein Sattler, der zweite ein Klempner, der dritte ein Buchbinder, während der vierte Mitschuldige ein kleiner Kolonialwarenhändler war. Der schwerverletzte Fieschi, der so viele unschuldige Leute hingemordet hatte, erwies sich nach seiner Gefangensetzung als ein außerordentlicher Feigling. Er beschuldigte vor allem seine Komplizen und suchte sich selbst weiß zu waschen. Wie weit die Leute, die um seinetwillen starben, überhaupt schuldig waren, wird schwer nachzuweisen sein. Fieschi beschuldigte sie, ihn angestiftet zu haben; seine Mitschuldigen wollten aber von der Sache nichts wissen, sondern behaupteten, nur von den Plänen Fieschis gehört zu haben. Sie hatten aber keine Anzeige geleistet, weil sie ihm die Verrücktheit des Attentats nicht zutrauten. Die Gerichtsverhandlung brachte das Todesurteil für Fieschi, den Sattler Morey, einen Greis von 61 Jahren, und für den Kolonialwarenhändler Pepin, einen Mann von 35 Jahren und Vater von vier Kindern. Der Klempner Boireau wurde zu 20 Jahren Zuchthaus verurteilt, der Buchbinder Bescher freigesprochen. Sanson, der berühmte Henker, berichtet in seinen Memoiren, daß sich Fieschi wie ein Komödiant betrug, nicht nur im Gefängnis und am Tage vor der Hinrichtung, sondern auch auf dem Gang zum Schafott selbst. Als er kurz vor der Hinrichtung am 19. Februar 1836 mit seinen beiden Komplizen zusammenkam, die mit ihm zum Tode gehen sollten, wollte er ihnen die Hand reichen; aber sie wiesen verächtlich jede Gemeinschaft mit ihm ab und kehrten ihm den Rücken. Der greise Morey bestieg zuerst das Schafott, und sein Haupt fiel unter der Guillotine. Ein Polizeibeamter drang am Fuße des Schafotts noch in Pepin, andere Mitschuldige zu nennen; dieser erklärte aber, überhaupt an der Sache unschuldig zu sein, bestieg gefaßt das Schafott und wurde geköpft. Fieschi betrat zuletzt die Plattform. Er wendete sich an das Publikum – die Hinrichtungen fanden damals noch öffentlich statt – und hielt eine Rede, in der er erklärte, er habe mit Recht seine Komplizen beschuldigt und er kenne keine Furcht vor dem Tode. Dann aber erblaßte er und sank ohnmächtig in die Arme der Henkersknechte. Wohl ohne Bewußtsein wurde er geköpft.

Schon elf Monate später wurde auf Louis Philipp abermals ein Attentat verübt, und zwar durch den sechsundzwanzig Jahre alten ehemaligen Soldaten Louis Alibaud. Dieser schoß auf den König, als er aus dem Wagen stieg, traf ihn aber nicht. Es wurde beschlossen, um den sich mehrenden Attentaten entgegenzutreten, eine außerordentlich schnelle Justiz gegen Alibaud zu üben. Schon am 11. Juli wurde er geköpft. Er hatte stets erklärt, ohne Mitschuldige zu sein und aus Patriotismus gehandelt zu haben. Der König unterdrücke die Freiheit und sei ein Tyrann, von dem das Volk befreit werden müsse. Er ging zum Schafott barfuß, im Hemd und das Haupt mit einem schwarzen Schleier umhüllt. Es galt dieses Kostüm für eine Verschärfung der Strafe, die besonders gegen Vatermörder angewendet wurde. Alibaud benahm sich bis zum letzten Augenblicke außerordentlich mutig.

Im Dezember desselben Jahres machten der Commis Meunier und ein gewisser Huber schon wieder ein Attentat gegen Louis Philipp. Sie kamen mit lebenslänglicher Einsperrung davon.

Es folgte dann eine Pause von vier Jahren. Am 15. Oktober 1840 schoß von einem Fenster aus mit einem Gewehr auf den vorüberfahrenden König Louis Philipp Marius Darmès, ein dreiundvierzigjähriger Mann aus Marseille. Der König wurde nicht getroffen, es wurde niemand verletzt. Am 31. Mai 1841 wurde Darmès hingerichtet, und auch er schritt barfüßig, im Hemd und das Haupt mit einem schwarzen Schleier bedeckt, zum Schafott. Unter den darauf folgenden Komplotten und Attentaten gegen Louis Philipp ist noch das vom 16. April 1846 zu erwähnen, welches der Forstwärter Lecomte beging. Lecomte war ein früherer Soldat, ein ganz braver Unteroffizier, der die Stelle eines Waldwärters bekommen hatte. Aus dieser wurde er, wie er behauptete, zu Unrecht entlassen, und um sich Recht zu verschaffen, beging er das Attentat gegen den König, das er mit dem Tode auf dem Schafott büßen mußte. Schon drei Monate später plante der Fabrikant Henry ein Attentat, das ihm lebenslängliches Zuchthaus einbrachte. – Wie bereits erwähnt, wurde Louis Philipp durch dieses Dutzend Attentate, das gegen ihn geplant oder ausgeführt wurde, nicht geschädigt. Trotzdem mußte er im Jahre 1848 flüchten und seinen Thron aufgeben.

Noch gegen zwei Monarchen wurden in der ersten Hälfte des vorigen Jahrhunderts wiederholt Attentate verübt, und zwar gegen die junge Königin Victoria von England und gegen Friedrich Wilhelm IV.

Die im Jahre 1819 geborene Victoria war im Jahre 1838 Königin geworden und hatte sich im Jahre 1840 mit dem Prinzen Albert von Koburg-Gotha verheiratet. Das junge Ehepaar pflegte allabendlich auszufahren, und gewöhnlich ging der Weg vom Buckingham-Palast nach dem Hyde-Park. Als gegen Abend am 10. Juni 1840 das junge Ehepaar in einem Wagen aus dem Buckingham-Palast gefahren kam und der Wagen am sogenannten Konstitutionshügel, einer Wegerhöhung, etwas langsamer fuhr, feuerte ein junger Mensch plötzlich ein Pistol auf die Königin ab. Niemand wurde getroffen und der Prinzgemahl erhob sich im Wagen, um nach dem Thäter zu sehen. Da er jedoch niemand erblickte, setzte er sich im nächsten

Augenblick nieder, und nun zielte der junge Mann zum zweitenmal auf die Königin. Diese bemerkte es, bückte sich und der Schuß ging über sie hinweg. Der Attentäter wurde ergriffen und es stellte sich heraus, daß es ein Kellner Namens Oxford sei. Die Polizei hatte entschieden an ihm einen großen Fang gemacht, denn man fand in seinem Besitz, wenigstens in seiner Wohnung, Waffen, Larven und Masken, die Statuten einer geheimen Gesellschaft, ein Namensverzeichnis und eine Korrespondenz sehr gravierender Art. Aus dieser Korrespondenz geben wir nachfolgende kleine Probe:

»*Jung-England, den 16. Mai 1839.*

Sir!

Unser Oberbefehlshaber war sehr erfreut, als er fand, daß Sie seine Fragen so offen beantworteten. Sie werden den 21. dieses Monats kommen müssen, da wir einen von den Provinzialagenten in wichtigen Geschäften in der Stadt erwarten. Kommen Sie sicher.

A. W. Smith, Sekretär.

Adresse:
Mr. Oxford, bei Mr. Minton,
Haystreet Marylebone.

P. S. Sie dürfen von dem Jungen keine Notiz nehmen und ihn nicht fragen.«

»*Jung-England, den 14. November 1839.*

Sir!

Es freut mich sehr, zu hören, daß Sie sich in Ihren Reden so sehr verbessern. Die Rede, welche Sie das letzte Mal hier hielten, war schön. Gestern abend wurde ein anderer von Leutnant Mars eingeführt, ein hübscher, langer, gentlemanisch aussehender Gesell, und es heißt, daß er ein militärischer Offizier wäre, aber sein Name ist noch nicht bekannt geworden. Bald nach seiner Einführung wurden wir durch ein heftiges Klopfen an der Thür alarmiert. Augenblicklich waren unsere Gesichter bedeckt, wir spannten die Pistolen und standen mit gezogenen Säbeln da, um den Feind zu empfangen. Während der eine mit den Papieren am Feuer stand, war ein anderer mit der angezündeten Fackel bereit, das Haus in Brand zu stecken. Hierauf schickten wir die alte Frau hinab, um die Thür aufzumachen, und es erwies sich, daß es einige kleine Jungen gewesen waren, die an der Thür geklopft hatten und dann davon gelaufen waren. Nächsten Mittwoch müssen Sie kommen!

A. W. Smith, Sekretär.

Adresse:
Mr. Oxford bei Mr. Parv,
Hut und Federn, Goswellstreet.«

Man war überzeugt, einer großen Verschwörung auf die Spur gekommen zu sein. In England hatte man bisher die Attentäter nicht ernst genommen. Besonders gegen Georg III., der von 1760 bis 1810 regierte, war eine Unzahl von Attentaten verübt worden, ohne daß der König jemals beschädigt worden war. Er übte merkwürdigerweise eine große Anziehungskraft auf verrückte alte Frauen und Offiziere aus, die infolge von Kopfverletzungen den Verstand verloren hatten, und nur ein einziges Mal kam es bei den Attentaten gegen ihn zu einer Verhandlung, wobei sich aber herausstellte, daß auch dieser Attentäter, ein ehemaliger Offizier, geistesgestört war. Nun war man aber einem großartigen Komplott auf die Spur gekommen. Oxford erklärte, auf die Königin geschossen zu haben, weil er Admiral werden wollte. Er war allerdings nicht Seemann, sondern Kellner, aber er blieb bei seiner Erklärung. Nach einigen Wochen einer außerordentlich eifrigen Untersuchung entdeckte man aber, daß man es auch in Oxford mit einem Verrückten zu thun hatte. Die Briefe, die man bei ihm fand, hatte er an sich selbst geschrieben; die große geheime Gesellschaft bestand nur aus ihm allein; er war Präsident, Vizepräsident, Schriftführer und Mitglied dieser geheimen Gesellschaft. Die Verschworenen, vor die er gestellt wurde, sprachen ihn wegen Unzurechnungsfähigkeit frei und Oxford wurde einer Irrenanstalt überwiesen, in welcher er vierzig Jahre saß, um dann als geheilt entlassen zu werden.

Im Jahre 1842 feuerte an derselben Stelle, an der Oxford das Attentat verübt hatte, am Konstitutionshügel, ein neunzehnjähriger junger Mensch, Namens Francis, wieder auf die Königin. Es war keine Kugel zu finden. Der Attentäter hatte die Pistole jedenfalls mit einem Kieselsteine geladen gehabt. Er wurde verurteilt, gehängt und geviertheilt zu werden. Aber er zeigte sich so kindisch, so gebrochen, so vernichtet durch das Todesurteil, er erwies sich als ein so erbärmlicher Maulmacher, daß das Ministerium der Königin beschloß, ihn zu begnadigen. Er wurde auf Lebenszeit deportiert.

Kaum war dies geschehen, als ein buckliger Bursche, Namens Williams Bean, erst siebzehn Jahre alt, ein Attentat auf die Königin verübte, als diese vom Buckingham-Palast auf dem Wege zur Kapelle war. Dieser Bursche wollte indes nur die Aufmerksamkeit auf sich lenken; er hatte deshalb sein Pistol nur mit Pulver und einem Werchpfropfen geladen. Nachdem er zu zweijährigem Gefängnis verurteilt worden, beschloß die Umgebung der Königin, vor allem der Premierminister Peel, die Gesetzgebung gegen die Leute zu ändern, welche Attentate auf die Königin verübten. Ein gewisser Pate, ebenfalls ein verrückter junger Mensch, verübte kurze Zeit darauf wiederum ein Attentat, und da es sich anscheinend um eine Manie und geistige Epidemie bei diesen Attentaten handelte, wurde von dem englischen Parlament einstimmig ein Gesetz angenommen, durch welches zur Sicherung und Beschützung der Person der Königin verfügt wurde, daß jedermann, der irgend eine Art von Feuergewehr auf die Königin richtete, »gleichviel, ob dasselbe einen explosiven oder zerstörenden Stoff enthält oder nicht«, mit derselben Strafe wie wegen schweren Diebstahls belegt werden sollte, daß aber der Attentäter, je nach dem Belieben des Gerichtshofs, ein- bis dreimal öffentlich ausgepeitscht werden durfte. Diese entwürdigende Strafe half. Es kamen in den nächsten Jahrzehnten Attentate gegen die Königin nicht vor, und die verrostete Pistole, die ein gewisser O'Conner im Jahre 1850 auf die Königin richtete, um sie zu zwingen, eine Bittschrift zu lesen, die er ihr im Garten übergab, war nicht einmal geladen. Gegen diesen Verrückten wurde auch das neue Gesetz nicht in Anwendung gebracht. –

Am 26. Juli 1844 wollte Friedrich Wilhelm IV. von Preußen mit seiner Gemahlin Elisabeth morgens um acht Uhr nach Schlesien abreisen. Die Hofequipage war am ersten Portal des Schlosses vorgefahren. Eine große Menge Publikum hatte sich angesammelt, welches den König und seine Gemahlin sympathisch begrüßte. Die Königin stieg zuerst ein, ihr folgte der König. In dem Augenblick, in dem er sich niedersetzte und der Lakai den Wagenschlag schloß, trat ein Mann in einem langen Mantel dicht an den königlichen Wagen heran und feuerte zwei Pistolen rasch hintereinander auf den König ab. Das Volk stürzte sich auf den Attentäter und wollte ihn lynchen; aber der König wehrte selbst ab. Er erhob sich, um dem Publikum zu zeigen, daß er unverletzt war, und fuhr nach dem Schlesischen Bahnhofe. Erst hier entdeckte man, daß beide Kugeln im Mantel des Königs stecken geblieben waren. Der Attentäter war ein ehemaliger Bürgermeister Tschech. Er war in Schlesien im Jahre 1789 geboren als Sohn eines Superintendenten. Er hatte eine gute Bildung genossen und die Universität Breslau besucht, um dort die Rechte zu studieren. Aus irgendwelchen Gründen aber brach er das Studium ab und kam 1810 nach Berlin. Hier schlug er sich als Kaufmann durch, heiratete 1815 eine ziemlich vermögende Waise, brachte aber das Geld seiner Frau, mit der er zwei Mädchen hatte, bald durch und bewarb sich dann um eine Anstellung bei dem Aichungsamt. Um der Kränklichkeit seiner Frau willen wünschte er eine Stellung als Bürgermeister in einer kleinen Stadt. Er bestand das dazu notwendige Examen in Potsdam und wurde im Jahre 1832 Bürgermeister in Storkow in der Mark. Seine Frau starb, noch bevor er seine Bürgermeisterstellung antrat, und die älteste Tochter folgte der Mutter bald ins Grab. Waren es diese Unglücksfälle, die Tschech erbittert hatten, oder besaß er überhaupt eine unverträgliche Natur, kurzum, er hatte in seiner Stellung als Bürgermeister, die er acht Jahre lang bekleidete, viele Skandale und Reibereien. Er lebte in Zwiespalt mit der Bürgerschaft, mit dem Landrat. mit der Regierung und war doch, wie man nicht leugnen kann, ein ganz tüchtiger Verwaltungsbeamter. Er hat manche Einrichtungen getroffen, die sehr wohlthätig wirkten. Er war aber eine rechthaberische, gewaltthätige Natur und behaftet mit außerordentlichem Eigensinn. Im Jahre 1840 mußte er seine Stellung als Bürgermeister von Storkow aufgeben und kam nun nach Berlin. Hier versuchte er eine neue Anstellung zu erhalten, aber die Unannehmlichkeiten, die er in seiner früheren Stellung gehabt, standen ihm überall im Wege. Tschech wurde nunmehr ein Querulant. Er überhäufte die Minister mit Petitionen, er war stets in den Vorzimmern der Minister anzutreffen, um, wie er behauptete, sich gegen das Unrecht, das man ihm anthat, zu verteidigen. Er überhäufte schließlich den König und sämtliche Prinzen des königlichen Hauses mit Bittschriften, drängte sich zu Audienzen und beschloß, als er mit Rücksicht auf seine ewige Streitsucht und Unverträglichkeit überall abgewiesen wurde, sich Recht zu verschaffen, indem er den König ermordete. Nach heutigen Begriffen war auch Tschech nicht normal. Er litt an Querulantenwahnsinn und hätte nicht auf das Schafott, sondern in das Irrenhaus gehört. In damaliger Zeit bauschte man die Tschechische Angelegenheit zu einer Verschwörung auf. Man verhaftete auch seine 16jährige sehr excentrische Tochter und wollte aus dieser durchaus irgendwelche Geheimnisse herausbringen. Am 14. Dezember 1844 wurde Tschech in einem Wagen aus der Hausvogtei in Berlin nach Spandau transportiert und dort geköpft. Seine Tochter wurde zur Zwangserziehung zu einer Pastorenfamilie in Kamen in Westfalen gebracht. Von dort aber entwischte sie, ging nach Straßburg und von da nach der Schweiz, worauf sie eine sehr phantastische Lebensbeschreibung und Verteidigungsschrift ihres Vaters herausgab.

Am 22. Mai 1850 wurde auf dem Potsdamer Bahnhof gegen Friedrich Wilhelm IV. abermals ein Attentat verübt, und zwar traf diesmal der Attentäter, der mit einer Pistole auf zwei Schritt Entfernung schoß, den König am rechten Arm und verletzte ihn ziemlich schwer. Der Vorfall erregte um so größeres Aufsehen, als der Attentäter die Soldatenuniform trug. Er war ein Feuerwerker, Namens Sefeloge. Man vermutete, erregt durch die Vorfälle von 1848, eine großartige Verschwörung, und selbst der damalige Prinz von Preußen, der spätere Kaiser Wilhelm I., geriet, wie Augenzeugen berichten, in höchsten Zorn, als man behauptete, Sefeloge sei wahnsinnig. Der Prinz fand es unerhört, derartige schwere Verbrecher durch Wahnsinn entschuldigen zu wollen. Aber Sefeloge war in der That ein Verrückter. Er war erblich belastet, denn sein Vater war im Säuferwahnsinn gestorben. Sein Vater, ein erbärmlicher Lump, der durch alle Korrektionshäuser Norddeutschlands gegangen war, hatte den Knaben, dem die Mutter schon starb, als das Kind erst ein Jahr alt war, sich selbst überlassen, und durch wohlthätige Leute war der kleine Sefeloge in eine Unteroffizierschule gekommen. Brennender Ehrgeiz verzehrte den Knaben. Er kam nach Berlin auf die Feuerwerkerschule und besuchte die Anstalt mit außerordentlichem Erfolge. Er arbeitete so viel, daß er sich um den Verstand brachte. Er wurde als wahnsinnig in das Lazarett gebracht. Hier behielt man ihn einige Monate und entließ ihn dann als ungeheilt, aber als unschädlich. Da Sefeloge bei seinen Vorgesetzten und Kameraden sehr beliebt war, gewährte man ihm freie Wohnung in der Artilleriekaserne, damit er nicht ganz zu Grunde ging. Es wurden auch Unterstützungen für ihn zusammengebracht, und alle Welt wußte, daß Sefeloge verrückt war. Er bildete sich ein, großartige Erfindungen gemacht zu haben, für welche ihm der Staat und speziell der König viele Millionen schuldete. Er war größenwahnsinnig und glaubte der Erfinder der Schokolade, des Kaffees und verschiedener neuer Kanonen zu sein. Er hielt sich für den Bai von Tunis und besuchte Rechtsanwälte, um sie zu veranlassen, gegen seinen verstorbenen Vater Prozesse zu führen, weil ihm dieser das Gehirn aus dem Kopfe genommen habe. Von einer der letzten Geldspenden, die ihm von wohlthätiger Hand gemacht worden waren, kaufte er sich zwei Pistolen, um damit, wie er seinen Bekannten sagte, Walfische zu schießen. In seinem verrückten Kopfe hatte sich aber der Gedanke festgesetzt, er müsse sich an dem Könige rächen, weil dieser ihm die vielen Millionen, die er (Sefeloge) für seine Erfindungen zu beanspruchen hätte, nicht auszahlen wollte. Deshalb ging er auf den Potsdamer Bahnhof, drängte sich hier auf dem Perron dicht an die Thür, die zu den königlichen Zimmern führte, und als der König auf den Perron heraustrat, feuerte Sefeloge das Pistol aus ihn ab. Man sah ein, daß man es mit einem absolut Verrückten zu thun hatte, und Sefeloge kam in die Irrenanstalt nach Halle, wo er bald darauf starb. Vor Ablauf der Jahrhunderthälfte, und zwar im Jahre 1849, wurde auch gegen den Prinzen von Preußen, den späteren Kaiser Wilhelm, ein Attentat verübt. Der Verüber dieses Attentats ist nicht bestraft worden. Es war die erregte Zeit, als der Prinz von Preußen 1849 sich nach Baden begab, um das Oberkommando gegen die badischen Insurgenten zu übernehmen. Die »Darmstädter Zeitung« aus jener Zeit meldet:

» *Mainz*, 13. Juni. Gegen den gestern Abend um 7 Uhr hier abgefahrenen Prinzen von Preußen hat ein schändliches Attentat stattgefunden. Als in Nieder-Ingelheim die Pferde gewechselt wurden, hatten sich ziemlich viel Neugierige hervorgedrängt und sollen mehrfach aufregende Worte gefallen sein, ohne daß man übrigens ahnen konnte, daß Böses beabsichtigt sei, indem die Meisten gar nicht wissen konnten, wer der Reisende sei. Nachdem die zwei vierspännigen Wagen, die den Prinzen von Preußen und sein Gefolge führten, umgespannt waren, schlugen sie die Richtung nach Kreuznach ein. Sie hatten eben einige hundert Schritte von dem letzten Hause des Ortes zurückgelegt, als sich plötzlich ein Mann im Korn aufrichtete und auf den zweiten Wagen, in welchem der Prinz vermutet wurde, feuerte. Der Schuß traf den Postillon, welcher, tödlich verwundet, von vorüberkommenden Fuhrleuten in das Dorf zurückgebracht wurde, worauf sich die Wagen im raschen Laufe gegen Kreuznach zu entfernten. Auf die hierher gelangte Nachricht eilte heute früh der Dirigent der Regierung von Rheinhessen, von Dalwigk, und der großherzogliche Staatsprokurator, Dr. Kuyp, nach Ingelheim, um dort an Ort und Stelle die Untersuchung einzuleiten. Ohne Zweifel dürften diese Herren aber unerwarteten Widerstand gefunden haben, denn nachdem um 11 ½ Uhr eine Stafette bei dem Gouverneur eingetroffen war, jagte schon um 12 Uhr eine ganze Schwadron Dragoner mit verhängten Zügeln zum Münsterthore die Straße nach Ingelheim hinaus. Als dringend verdächtig des verabscheuungswürdigen Attentats gegen den Prinzen von Preußen wurde von der Untersuchungskommission zu Nieder-Ingelheim arretiert und am 18. nach Mainz gebracht der 26jährige Adam Schneider, Sohn eines Schneidermeisters in Nieder-Ingelheim. Man fand bei demselben eine frisch abgeschossene Büchse, in welche die bei dem Postillon vorgefundene Kugel vollkommen paßte; das schmutzige Schuhwerk hielt mit den verfolgten Fußstapfen im Felde gleiches Maß, und Zeugen bekräftigten, denselben gleich nach jenem Verbrechen in sehr verwirrtem Zustande getroffen zu haben, aus welchen Indizien sich wohl mit ziemlicher Sicherheit annehmen läßt, daß dieser Mensch der Thäter war. Die nach Nieder-Ingelheim entbotene Schwadron scheint nur eine Vorsichtsmaßregel wegen Transportierung des Verhafteten gewesen zu sein. Der großherzogliche Regierungsdirigent ist in Begleitung des Staatsprokurators am 13. abends sofort von Nieder-Ingelheim nach Kreuznach abgereist, wahrscheinlich um Sr. Königlichen Hoheit dem Prinzen von Preußen das Resultat der bisherigen Untersuchung mitzuteilen und von dessen Gefolge weitere Notizen einzuziehen.«

Der verhaftete Schneider wurde in Mainz vor die Geschworen gestellt; indes sprachen ihn diese frei, da seine Schuld nicht erwiesen sei. Der Urteilsspruch wurde in jener Zeit sehr verschiedenartig kommentiert; es gab Leute, welche von der Schuld Schneiders fest überzeugt waren. Unmittelbar nach der Freisprechung wanderte Schneider nach Amerika aus und soll dort als Musiker bei einem Regiment der Konföderierten in dem Bürgerkriege zwischen den Nord- und Südstaaten Amerikas in einer Schlacht gefallen sein.

Wer ist schuldig?

Aus den Erinnerungen eines alten Kriminalbeamten.

(Nachdruck verboten.)

1

In der Frühe eines Januarmorgens des Jahres 1862 wurde ich durch einen Aktuar unseres Gerichts geweckt, der mir mittheilte, daß in dem ungefähr zwei Meilen von der Kreisstadt entfernten Orte Zellerndorf in der Nacht ein bis dahin dort unerhörtes Verbrechen begangen worden sei. Nichts weiter als diese Nachricht, zu der jegliche Details fehlten, war in den frühesten Morgenstunden bei dem Gerichte durch einen Boten eingegangen, und der Wagen, welcher mich als untersuchenden Kriminalrichter und den Aktuar als Protokollführer nach Zellerndorf bringen sollte, stand bereits vor der Thür. Ich zog mich in aller Geschwindigkeit an, stürzte eine Tasse Kaffee hinunter, und noch graute der Morgen nicht, als wir bereits zur Stadt hinaus fuhren.

Der Weg, der bis Zellerndorf zurückzulegen war, gehörte keineswegs zu den angenehmen, denn es war ein Feldweg schlimmster Art und voller Löcher.

Es hatte in der Nacht geschneit, und der Tag versprach ein recht kalter zu werden, besonders nahm der Frost zu, als die Sonne aufging, und wir uns schon in der Nähe von Zellerndorf befanden.

Als wir uns den ersten Häusern des Dorfes näherten, bemerkte ich einen Bauernposten, bestehend aus zwei Mann, von denen der Eine mit einer Sense, der Andere mit einem Gewehr bewaffnet war. Die Burschen erzählten mir, daß sie von ihrem Ortsschulzen hier aufgestellt seien, und daß dieser umsichtige Dorfbeamte den ganzen Ort habe mit Posten umstellen lassen, weil man vermuthete, der Thäter befände sich noch innerhalb des Ortes. Auch sie wußten übrigens nichts weiter, als daß es sich um einen Doppelmord handle.

Als unser Wagen aber erst einige Schritte in's Dorf hinein gefahren war, begegnete mir der Ortsschulze, ein ebenso intelligenter, als

pflichteifriger Beamter, in Begleitung eines Gendarmen, der ebenfalls auf die erste Nachricht von dem Verbrechen nach Zellerndorf
geeilt war. In kurzen Worten theilte mir der Ortsschulze mit, daß in
der Nacht einer der reichsten Bauern des Ortes, Namens Stegnitz,
nebst seiner Frau ermordet worden sei, daß sich um einen Raub-
mord handeln müsse, denn es fehlte Geld, von dem man genau
wußte, daß es die Ermordeten in einer Kommode aufbewahrt hatten. Das Dorf war in frühester Morgenstunde durch die Hilferufe
der Angehörigen der Ermordeten alarmirt worden, und der Ortsschulze hatte, wie bereits gesagt, den ganzen Ort umstellen lassen,
um die Flucht der Thäter zu verhindern.

Dieselben konnten noch nicht das Dorf verlassen haben, denn
sonst hätten ihre Fußspuren sich auf der frischen Schneedecke ab-
drücken müssen. Eine genaue Untersuchung des ganzen Dorfum-
kreises aber ergab den gänzlichen Mangel aller derartigen Spuren.
Der Ortsschulze hatte darauf die Gerichtsschöppen zusammengeru-
fen und unter deren Leitung eine Durchsuchung sämmtlicher Häuser des Ortes veranstaltet. Diese Untersuchung dauerte noch fort
und hatte bis jetzt das Vorhandensein einer verdächtigen Person in
keiner Weise ergeben.

Ich konnte die Maßregeln des Dorfschulzen nur billigen und ersuchte ihn, mich an den Ort der That zu geleiten, um von diesem
aus die Untersuchung zu beginnen.

Der Hof des Stegnitz lag zwar nicht außerhalb des Dorfes, aber
doch ein Stück abseits von der Straße auf einer kleinen Bodenerhö-
hung. Er war umgeben von einer steinernen Mauer von mehr als
sechs Fuß Höhe. Die Gebäulichkeiten zeugten von Wohlhabenheit
des Besitzers und bestanden aus einem sehr großen Quergebäude
gegenüber dem Hofthor, welches mit Stroh gedeckt war und unter
dessen Dach sich nach der Bauart jener Gegend die Wohnräume,
Stallungen und die Scheune zugleich befanden.

In dieses Gebäude führte ein großes Thor, welches gleichzeitig
die Einfahrt zur Tenne bildete. Links und rechts befanden sich die
Getreideböden, dann schloß sich rechts an diese der Raum an, in
dem das Rindvieh und die Schafe untergebracht waren, und wo
sich auch die Schlaf- und Wohnräume für die Knechte befanden.
Dann folgte, durch einen Gang getrennt, ein Raum, der zur Speise-

kammeer diente und auf der anderen Seite den Backofen enthielt, dann kamen die Wohnräume des Hausherrn und seiner Frau, und hinter diesen in einer Ecke des Gebäudes die Vorrathsräume für Wäsche, Leinwand, Kleidungsstücke, Hausrath, zugleich auch die Mägdekammern.

Außer dem großen Einfahrtsthor befanden sich noch zwei kleine Thüren in der langen Hausfront, von denen die eine zum Stall unter den Knechtekammern, die andere zu den Wohnräumen führte. Von den Mägdekammern aus ging im Giebel des Hauses noch eine besondere Thür auf den Hof hinaus. Auf diesem befand sich, wie üblich, auch noch der Dunghaufen, ein Taubenschlag, ein besonderer kleiner Stall, in welchem die Schweine untergebracht waren, dann ein Schuppen, in dem Brennholz aufgestapelt war und in dem eine Schnitzbank stand. Auch ein großer Heuschober stand in einer Ecke in der Nähe der Mauer.

Von Wichtigkeit war es, sofort, nachdem ich die allgemeine Situation des Grundstückes mir eingeprägt hatte, die Zugänge zu demselben genau zu untersuchen.

Wie bereits bemerkt, war das Gehöft von einer mehr als sechs Fuß hohen Mauer umgeben, und in dieser Mauer befand sich nur ein einziges Hofthor gegenüber der Hauptfront des Hauses, neben diesem Hofthor noch eine kleinere Eingangsthür, die für die aus und ein Gehenden bestimmt war, während das Thor zum Passieren der Wagen diente.

Das Thor war inwendig durch einen starken Querbalken und eiserne Krampen verschlossen, die kleine Eingangspforte dagegen war nicht so gut verwahrt, denn ein einfacher Holzriegel, welcher in eine eiserne Krampe eingeschoben werden konnte, stellte den Verschluß her. Befand sich der Riegel in der Krampe, so konnte die Thür von der Dorfstraße aus allerdings nicht geöffnet werden, es war dies dann nur vom Innern des Gehöftes aus möglich.

Als ich mir diesen einfachen Riegel besah, bemerkte ich auf der inneren Seite der Thür unterhalb desselben einige schwache Blutflecken, welche kaum erkennbar waren Ich machte den Ortsschulzen auf dieselben aufmerksam, und dieser erklärte, noch nicht darauf geachtet zu haben, mußte aber zugeben, daß sie nur von Blut herrühren konnten.

Unwillkürlich drängte sich dem Kriminalisten die Anschauung auf, daß der Mörder das Gehöft durch diese Thür verlassen habe, und daß er nach der That nicht einmal Zeit gefunden hatte, seine Hände vom Blute zu reinigen.

Durch diese Eingangsthür führte über den Hof eine ganze Unzahl von Fußspuren, weil natürlich die Nachbarn und Freunde der Ermordeten sich Alle in das Gehöft hineingedrängt hatten, als die Hilferufe auf der Straße laut wurden. Der Ortsschulze aber hatte auch bei dieser Gelegenheit wieder seine Umsicht bewiesen, indem er dafür sorgte, daß wenigstens in das Zimmer, in dem die Ermordeten lagen, Niemand eindrang, und daß dort Alles unberührt und in dem Zustande blieb, wie es der Mörder verlassen hatte.

Zur Vorsicht hatte der Schulze einen schmalen Papierstreifen über die Spalte zwischen dem Thürstock und der Thür gelegt und diesen Papierstreifen durch den Abdruck des Gemeindesiegels befestigt.

Als ich durch die Thüre, welche zu den Wohnräumen führte, hindurch ging, bemerkte ich, daß der obere Theil ausgehoben und im Hausflur an die Wand gelehnt war. Die Thüren in den Dörfern jener Gegend bestehen nämlich nach altem Brauch noch aus einer oberen und einer unteren Hälfte, d. h. die Thür ist wagerecht in zwei Flügel getheilt. Den Tag über pflegt nur der untere Theil geschlossen zu sein, damit das im Hofe herumlaufende Vieh nicht ohne Weiteres den Eingang in die Wohnräume findet, erst am Abend wird auch der obere Flügel zugemacht.

Dieser war also ausgehoben und an die Wand gesetzt. Ich fragte den Ortsschulzen, weshalb dieses geschehen sei, derselbe versetzte, der Flügel sei bereits ausgehoben gewesen, als er das Gehöft betreten habe.

Gleich rechts vom Hausflur ging es in das Schlafzimmer der Eheleute Stegnitz. Der Ortsschulze löste den angesiegelten Papierstreifen von der Thür, und wir betraten das Zimmer.

Ein grauenhafter Anblick bot sich uns. Am Boden lag inmitten einer großen Blutlache die Frau, welche wohl im Todeskampf aus dem Bett gestürzt sein mochte, denn ihre Füße ruhten noch auf dem Bett, während auf dem Boden der vollkommen mit Blut bedeckte

Oberkörper lag. In einem Bette, das mehr nach der Ecke zu stand, lag die Leiche des Mannes, ebenfalls in ihrem oberen Theile vollständig mit geronnenem Blut überdeckt.

Der Anblick war ein so fürchterlicher, daß es lange dauerte, bis ich mich überwinden konnte, an die Leichen heranzutreten, um mich zu überzeugen, daß dieselben ihren Tod durch Schläge mit einem stumpfen Instrument empfangen hatten.

Augenscheinlich war der Mann zuerst getödtet worden, die Frau wollte ihm vielleicht zu Hilfe eilen und war dann ebenfalls niedergeschlagen worden. Kopf und Brust der beiden Opfer waren fast vollständig zerschmettert, der Mörder mußte wie rasend gewüthet haben, er hatte wahrscheinlich so lange auf seine Opfer losgeschlagen, als seine Kräfte reichten, oder so lange die Armen noch zuckten. Jedes derselben hatte mindestens dreißig Hiebe, von denen jeder einzelne tödtlich gewesen wäre.

In dem Zimmer stand noch eine Kommode; diese war erbrochen und durchwühlt, auf der Erde lagen einige Stücke alten Zeitungspapiers umher, wie sie wohl zum Einwickeln von allerlei Gegenständen, die man aufbewahren will, verwendet werden. Von dem Thäter selbst war nirgends eine Spur zu entdecken, aber über dem Bette des Mannes fand ich an der Verschalung der Holzdecke Spuren von Hieben, welche ganz frisch waren, denn die aus der Decke geschlagenen Splitter waren theils auf das Bett, in welchem der Mann lag, theils auf den Fußboden gefallen und noch vorhanden. Der Mord war also jedenfalls mit einer Axt ausgeführt worden, und zwar hatte der Verbrecher mit dem stumpfen Rückentheil, dem Kopf der Axt, losgehauen, und bei den wuchtigen Hieben, die er führte, einige Male mit der Schneide oben in die Decke getroffen.

Ich schätzte die Höhe des Zimmers, die wie in Bauernhäusern gewöhnlich keine bedeutende war, kaum auf mehr als sechs Fuß. Wenn ich bei Ausmessung dieser Höhe nun die bei der Leiche des Mannes gefundenen Spuren der Axthiebe in Betracht zog, so mußte ich mir sagen, daß der Mord nur von einer kleinen, untersetzten Person verübt sein konnte, denn eine große Person hätte in dem niedrigen Raume die Hiebe mit einer Axt, die doch gewöhnlich an einem langen Stiel sitzt, nicht mit solcher Wucht führen können, daß sie so furchtbare Wirkungen hervorgebracht hätten, wie an den Leichen sichtbar waren.

Der Protokollführer, der gleich mir in der Aufnahme des sogenannten Thatbestandes geübt war, untersuchte gleichfalls den Raum nach irgend einer verdächtigen Spur, es war jedoch nichts aufzufinden. Eine genauere Revision der Kommode ergab nur, daß sich in ihr eine blecherne Büchse befand, in der vielleicht früher Geld verwahrt worden war; sie war aufgebrochen und ihres Inhalts beraubt.

»Wer hat die Leichen zuerst entdeckt«?« fragte ich jetzt.

»Der Pflegesohn der Ermordeten.«

»Haben dieselben keine Kinder?«

»O ja!« entgegnete der Ortsschultze, »eine einzige Tochter.«

»Und wo ist diese?«

»Sie liegt in ihrer Kammer, vollkommen niedergeschlagen und halb wahnsinnig von dem fürchterlichen Unglück. Als sie die Leichen ihrer Eltern zuerst sah, verfiel sie in eine Ohnmacht, aus der sie erst nach Stunden erwachte.«

»Und wo ist der Pflegesohn?« »Der Pflegesohn befindet sich ebenfalls in seiner Kammer. Diese liegt in dem Raume zwischen den Gelassen der Knechte und dem Hausflur, der zu den Wohnräumen führt.«

»Wo befindet sich,«fragte ich weiter, »die Schlafstätte der Tochter?«

»Die Tochter schläft, wie auf dem Lande üblich, in einer besonderen Abtheilung in demselben Raum, in dem die Mägde ihre Schlafkammern haben.«

»Haben Sie bereits die Knechte und Mägde vernommen?«

»Jawohl! Sie wissen Alle übereinstimmend von nichts Anderem, als daß gegen ein Uhr Nachts Jemand im Hofe ›Hilfe, Räuber, Mörder! Hilfe!‹ geschrien habe. Als sich die entsetzten Menschen aufrafften und in's Freie stürzten, sahen sie den Pflegesohn der Ermordeten im Hofe stehen und wie rasend um Hilfe rufen. Es eilten darauf auch aus der Nachbarschaft Leute herbei, und diesen erst theilte er mit, daß er seine Pflegeeltern ermordet gefunden habe. »Der junge Mann,« setzte der Ortsschulze hinzu, »kam erst um jene Zeit aus dem Dorfkruge vom Tanzboden nach Hause, da ja gestern Sonntag war. Er vernahm ein Stöhnen, das ihm verdächtig schien, und als er bei seinen Eltern eintrat, sah er Beide in dem gegenwärtigen Zustande daliegen. Er stürmte hinaus auf den Hof und rief um Hilfe, von den Mördern hat er nichts mehr gesehen.«

»Wer ist denn dieser Pflegesohn eigentlich?«

»Er heißt Karl Vogt und ist ein Findlingskind. Seine Mutter gehörte zu den Dorfarmen und war eine verlassene Frau. Als sie starb, sollte das Kind in's Waisenhaus, aber die Stegnitz'schen Eheleute nahmen sich seiner an, und da sie selbst keinen Sohn hatten, so ließen sie ihn auf ihrem Hofe erziehen und behandelten ihn, wenn auch nicht ganz wie ihren Sohn und Erben, doch besser als einen Knecht. Er hat seine Militärzeit vor einigen Monaten abgedient und ist dann wieder hierher auf den Hof zurückgekehrt, wo er als Großknecht beschäftigt ist.«

»Die Stegnitz'schen Eheleute scheinen also recht wohlthätige Menschen gewesen zu sein?«

»Das waren sie; sie thaten den Armen viel Gutes und fast mehr, als in ihren Kräften stand.«

»Sie hatten also wohl auch keine Feinde?«

»Nein! Ich wüßte nicht, daß diesen Leuten irgend Jemand feindlich gesinnt gewesen wäre.«

»Was ist denn dieser Pflegesohn, der Karl Vogt, für ein Mensch?«

»Ich kenne ihn,« entgegnete der Ortsschulze, »seit seiner frühesten Jugend, und ich ihn das Zeugniß geben, daß er ein sehr nüchterner, fleißiger und verständiger Mensch ist. Wenn etwas an ihm auffallen könnte, so wäre es seine merkwürdige Verschlossenheit und Schweigsamkeit. Er kann Stunden lang mit anderen Leuten im Dorfkruge zusammen sitzen, ohne etwas zu sprechen. Macht er aber einmal eine Bemerkung, so ersieht man wohl aus dieser, daß er sorgfältig nachgedacht hat. Er ist deshalb auch bei den jungen Burschen und Mädchen nicht allzu sehr beliebt!«

»Rufen Sie den Karl Vogt hierher!« sagte ich zu dem Ortsschulzen.

Dieser entfernte sich und kehrte bald darauf mit einen: Menschen zurück, an dem mir sofort die untersetzte Figur auffiel. Ein Gedanke schoß mir durch den Kopf, der mich selbst im ersten Augenblicke mit Schrecken erfüllte.

So mußte der Mörder nach meiner Idee aussehen, wie der junge Mann, der jetzt im Zimmer stand, so gedrungen und klein, und doch so muskulös und kräftig.

Er hatte ein nicht unangenehmes Gesicht, in dem nur ein finsterer Zug um die Augen und einige senkrechte Falten auf der Stirn auffielen, die man sonst auf Grübeln und Nachdenken deutet. Seinen Blick konnte ich nicht beobachten, denn er hielt die Augen zu Boden gesenkt. Die Hände aber, die schlaff an den Seiten herunterhingen, ließen das Zucken der einzelnen Finger sehen, obgleich der junge Mann anscheinend mit aller Gewalt die Hände zu schließen und zu ballen suchte. Er trug einen gewöhnlichen Anzug und nicht den Sonntagsstaat.

Ich hatte mich so postirt, daß er im ersten Augenblick mich nicht erkennen konnte, ich wollte sehen, welchen Eindruck die beiden Leichen auf ihn machten, und ich entdeckte in der That, daß er es ängstlich vermied, nach dem Winkel hinzusehen, wo die armen Opfer lagen.

»Sie sind Karl Vogt?« fragte ich ihn.

Der Angeredete zuckte zusammen und richtete fragend seine Augen auf mich. Diese Augen waren grau und ihr Blick keineswegs unangenehm. Jetzt aber lag in ihnen Schreck und eine gespannte Erwartung.

»Sie sind der Pflegesohn der Ermordeten dort?«

»Ja!« entgegnete der junge Mann, dann schlug er die Hände vor das Gesicht und brach in leidenschaftliches Schluchzen aus. »Sie haben mich gehalten, wie ihr eigenes Kind, Alles, was ich bin, verdanke ich ihnen, und nun muß ich sie so vor mir sehen!«

Diese unter Schluchzen hervorgestoßenen Worte deuteten auf ein tiefes Mitgefühl bei dem jungen Manne hin. Dabei vermied er es aber immer noch, irgend wo anders hin, als auf die Erde zu sehen. Selbst als er davon sprach, wie schrecklich es ihm sei, seine Pflegeeltern so vor sich zu sehen, erhoben sich seine Augen nicht vom Boden.

Ich ließ ihm einige Zeit, damit er sich von seiner Aufregung erhole, dann fragte ich weiter: »Ich bin der Kriminalrichter und ersuche Sie jetzt, mir mitzutheilen, wie Sie die beiden Leichen gefunden haben. Sie sollen ja der Erste gewesen sein, der von dem Morde Kenntniß erhielt. Vergessen Sie nicht, auch den geringsten Umstand zu erzählen, der Ihnen vielleicht aufgefallen ist; wer weiß, ob er nicht wichtig genug ist, um auf die Spur des Thäters zu führen. Sie waren gestern Abend auf dem Tanzboden?«

»Ja!«

»Wie lange waren Sie dort?«

»Bis der Tanz zu Ende war, bis gegen ein Uhr Nachts.«

»Pflegen Sie oft den Tanzboden zu besuchen und so lange dort zu bleiben?«

»Nein! Es war gestern ausnahmsweise lange.«

»Sie begaben sich aus dem Dorfkrug direkt hierher und nach Ihrer Schlafkammer?«

»Nein! Ich begab mich nicht nach der Schlafkammer, denn ich trat durch die Hausthür herein, die in diesen Flur führt. Ich wollte die Knechte nicht stören, wenn ich durch die andere Thür, die zum Stalle führt, meinen Eingang in's Haus nahm.«

»Ist dies Ihr gewöhnlicher Eingang zu Ihrer Schlafkammer?«

»Je nachdem! Ich konnte durch die Kammern der Knechte hindurch zu ihr gelangen, aber auch von diesem Korridor aus.«

»Fanden Sie die Thür, die hier vom Hof in den Hausflur der Wohnräume führt, geschlossen?«

»Nein! Der obere Theil war ausgehoben und an die Wand gestellt, dort, wo er noch steht.«

»Fiel Ihnen das nicht auf?«

»Gewiß! Ich war ganz bestürzt, als ich das sah. In demselben Augenblicke aber hörte ich auch schon das Stöhnen aus der Stube, in welcher die Pflegeeltern schliefen.«

»Was thaten Sie darauf? Gingen Sie sofort in das Schlafzimmer hinein?«

»Nein! Ich ging erst in meine Schlafkammer, machte dort Licht und eilte dann hierher.«

»Hier fanden Sie die Ermordeten in demselben Zustande und in derselben Stellung, in der sie sich jetzt befinden? Sehen Sie doch einmal hin!« forderte ich jetzt scharf den jungen Mann auf.

Man sah es deutlich, welche Gewalt und welche Anstrengung es ihm verursachte, nach den Leichen der Ermordeten zu sehen.

Er warf blos einen Blick hinüber, dann durchflog ein Schauder seinen Körper, und gesenkten Augen entgegnete er: »Nein, so lagen sie nicht! Die Pflegemutter lag auf der Erde, ich hob sie auf und legte sie in's Bett, weil sie noch stöhnte, und ich glaubte, es könne ihr noch geholfen werden. Dann ging ich hinaus und schrie um Hilfe.«

»Sie hoben also den Körper Ihrer noch lebenden Pflegemutter auf und legten ihn auf's Bett. Sie müssen sich dabei doch sehr mit Blut befleckt haben, hatten Sie denn diesen Anzug an, den Sie jetzt tragen?«

»Nein!« entgegnete nach einigem Zögern der Gefragte. »Ich hatte meinen Sonntagsanzug an.«

»Und wann haben Sie die Kleidung gewechselt?«

»Bevor ich hinausging und Hilfe herbeirief.«

Stockend und verlegen hatte der Gefragte diese Worte herausgebracht. Mich trafen sie wie ein Donnerschlag! Wer war dieser Mensch da vor mir, der die entsetzliche Kaltblütigkeit besaß, bevor er um Hilfe rief, seine schmutzige, blutbefleckte Kleidung mit einer anderen zu vertauschen, obgleich er sich sagen mußte, daß jeder Augenblick des Zögerns den mit dem Tode Ringenden verhängnißvoll werden müßte?

Ich stellte, nachdem ich mich einigermaßen gesammelt hatte, eine darauf bezügliche Frage an den leichenblassen Menschen, und dieser entgegnete:

»Ich sagte mir dann doch, daß der Mutter nicht mehr zu helfen sei, ich weiß auch nicht recht mehr, was ich gethan habe. Ich war so erschrocken, daß ich glaubte, ich müßte wahnsinnig werden.«

»Und wo befindet sich denn diese Sonntagskleidung mit den Blutflecken? Haben Sie dieselbe in Ihrer Kammer?«

»Nein!« entgegnete, wie es schien, sehr verlegen der Gefragte.

»Wo haben Sie dieselbe denn hingethan?«

»Ich habe den Rock und die Weste draußen in dem Heuschober versteckt.«

»In dem Heuschober?«

»Ja, damit ich mir nicht auch meine anderen Sachen in der Kammer mit Blut beflecke. Dieses Blut der Pflegemutter, die mir so viel Gutes erwiesen, war mir zu schrecklich, es brannte an mir wie Feuer!«

Ich schickte den Gendarm hinaus, und dieser kehrte unmittelbar darauf zurück und brachte aus dem Heuschober nicht nur einen Bauernrock und -weste, welche naß und anscheinend auch mit Blut befleckt waren, sondern auch eine blutige Holzaxt, dasselbe Instrument, mit welchem augenscheinlich die fürchterliche That verübt worden war.

Selbst der Gendarm schien erschrocken zu sein über diesen neuen Schuldbeweis, den er da in dem Mordinstrumente herbeigebracht.

Ich zeigte die Axt dem jungen Mann; dieser warf einen Blick darauf und fuhr mit der Hand über die Stirn, als wolle er dort einige Gedanken wegwischen oder etwas verscheuchen, was ihn bedrückte. Dann warf er plötzlich seine Arme in die Luft und sank lautlos zusammen.

Als ich meinen Protokollschreiber und den Ortsschulzen anblickte, las ich in ihren Gesichtern die Bestätigung meiner eigenen, vollen Ueberzeugung. In diesem Unglücklichen da, der soeben überwältigt beim Anblick der Mordwaffe zusammengebrochen war, hatten wir den Schuldigen vor uns.

»Schaffen Sie den Menschen nach seiner Kammer und bewachen Sie ihn dort auf's Sorgfältigste!« befahl ich dem Gendarmen, dann wendete ich mich zu dem Dorfschulzen und ging mit diesem einen Augenblick hinaus in's Freie, weil mir selbst eine kleine Erholung noth that. Wir besichtigten hier den Heuschober, in dem sich die Gegenstände befunden hatten und fanden in ihm noch etwas Auffälliges, nämlich ein Paar alte, zerrissene Lederschuhe, welche am Tage vorher noch in Gebrauch gewesen sein mußten, denn sie waren vom Schnee naß.

Diese Schuhe nahmen wir an uns, da auch ihr Vorhandensein an jenem Orte ein ziemlich auffälliges war.

»Führen Sie mich jetzt,« befahl ich dem Dorfschulzen, »zu der Tochter!«

Wir fanden in einer mangelhaft beleuchteten Schlafkammer, auf dem Bette angekleidet sitzend, ein Mädchen von ungefähr neunzehn Jahren, dessen Gesicht trotz der Spuren, die Angst, Schreck und Schmerz darauf zurückgelassen hatten, große Schönheit zeigte. Sie versuchte, sich bei unserem Eintritt zu erheben, fiel aber entkräftet auf das Bett zurück und begann erneut zu schluchzen und zu weinen.

»Es thut mir leid, mein Kind,« sagte ich, »Sie in Ihrem furchtbaren Schmerz stören und Ihnen diese erneute Aufregung verursachen zu müssen, aber es ist meine Pflicht, und auch Sie haben eine Pflicht zu erfüllen, nämlich die, Ihr Möglichstes dazu beizutragen, daß der Mörder Ihrer Eltern zur Verantwortung gezogen werde. – Wann hörten Sie das Erste von dem Morde? Ihre Kammer liegt von den Mägdekammern ja am nächsten der Stube, in welcher die schreckliche That verübt wurde.«

»Ich erwachte in der Nacht von einem eigenthümlichen Geräusch, wie von Schlägen herrührend. Ich horchte, aber dieses Geräusch verstummte bald. Dann hörte ich eine Thür gehen und hörte auch, wie Jemand die Thür öffnete, die zu der Kammer führt, in welcher Karl schläft; ich weiß, daß diese Thür ganz eigenthümlich knarrt. Dann hörte ich noch die Thür bei meinen Eltern gehen, dann wieder die Karl's. Es war ein Hin- und Hergehen, und ich glaubte, es sei schon Zeit zum Aufstehen, weil meine Eltern und Karl bereits munter seien. Ich stieg aus dem Bett und kleidete mich langsam an. Bald darauf hörte ich Karl auf dem Hofe um Hilfe schreien, ich stürzte mit den Mädchen hinaus, und dann sah ich das Schreckliche und wurde ohnmächtig.«

Das Mädchen brach abermals in Thränen aus; ich ließ ihr wiederum einige Zeit, bis sie sich erholt hatte, dann fragte ich weiter.

»Sie hörten also jene eigenthümlichen Schläge, durch welche Sie erwachten, und welche höchstwahrscheinlich die furchtbaren Streiche waren, mit denen der Mörder Ihre Eltern tödtete, und bald darauf hörten Sie die Thür gehen und dann Karl's Thür? Sagten Sie nicht so?«

»Ja! Es war mir sogar so, als ob mehrere Menschen hin und her gingen.«

»Ihre Aussage,« fuhr ich fort, »deckt sich so ziemlich mit der Aussage Ihres Pflegebruders. Wenn Sie aber, wie Sie erklären, unmittelbar nach jenen Streichen die Thür Ihres Pflegebruders gehen hörten, so hätte das um die Zeit sein müssen, als Jener zurückkehrte. Unter allen Umständen hätte er dann dem oder den Mördern begegnen müssen; ja, es ist sogar anzunehmen, daß er dann um den Mord selbst weiß.«

Das Mädchen schrie laut auf und verbarg ihren Kopf in den Kissen des Bettes, ihr jugendlicher Körper zuckte, und ich dachte schon, ein neuer Ohnmachtsanfall würde die Vernehmung unterbrechen. Nach einiger Zeit hob sie aber ihr Gesicht wieder empor, dessen Augen jetzt thränenlos, dessen Farbe aschgrau war.

»Fragen Sie mich nicht, ich bitte Sie!« rief sie flehentlich. »Ich weiß von nichts. O, es ist fürchterlich! Es ist entsetzlich! Warum hat Gott es zugelassen?«

Dieses eigenthümliche Betragen des Mädchens, welches weit verschieden von dem ersten Ausdruck des Schmerzes war, den wir bemerkt, als wir in die Kammer traten, war für mich ein neues Verdachtsmoment, und mehr und mehr befestigte sich in mir eine Ueberzeugung, für welche ich mir Beweise verschaffen wollte.

»Es thut mir leid,« entgegnete ich ruhig, aber doch streng, »Sie in Ihrem Zustande noch mit weiteren Fragen quälen zu müssen, aber die Verhältnisse erlauben keine Verzögerung. Haben Sie sich stets gut mit Ihrem Pflegebruder vertragen?«

Ueber das Gesicht des Mädchens flog eine jähe Röthe, dann sagte sie verlegen und leise: »Ja!«

»Ist er Ihnen,« fragte ich jetzt dringend, »vielleicht mehr als ein Bruder?«

Das Mädchen erröthete noch mehr und bedeckte ihr Gesicht mit den Händen.

»Ich beschwöre Sie,« sagte ich ihr, »bei dem allmächtigen Gott, der in Ihr Herz sieht, nichts zu verschweigen, was dazu beitragen könnte, Aufklärungen zu geben, die zur Entdeckung des Thäters nothwendig sind. Was auch in Ihrem Herzen vorgehen mag, Gott sieht es und wird Sie zur Rechenschaft ziehen, wenn Sie etwas verschweigen, oder wenn Sie gar lügen.«

Diese eindringlich gesprochenen Worte wirkten auf das Mädchen so ein, daß sie während derselben unwillkürlich von der Bettstatt sich erhob, trotzdem sie sich mit der linken Hand am Bettpfosten festhalten mußte. Mit zu Boden geschlagenen Augen und anscheinend sehr verlegen, begann sie jetzt mit leiser Stimme: »Ich habe mit meinem Pflegebruder immer gut zusammen gelebt, wie Bruder und Schwester, bis er zum Militär ging. Als er fort war, und ich ihn nicht mehr um mich sah, da merkte ich, daß er mir mehr sei als ein Bruder. Als er zum ersten Mal auf Urlaub kam, konnten wir Beide unsere Gefühle nicht mehr verbergen, wir verlobten uns heimlich und hielten einander die Treue. Als er dann wieder ganz zurückkehrte, setzten wir unser Verhältniß fort, aber es ist nie etwas zwischen uns geschehen, dessen wir uns zu schämen brauchten!«

Das Mädchen hob bei diesen Worten ihre thränenverschleierten Augen auf und blickte uns voll an.

»Wußten Ihre Eltern denn nichts von diesem Verhältniß?«

Das Mädchen zögerte eine Weile und antwortete dann stockend: »Sie wußten bis gestern nichts davon. Gestern Nachmittag überraschte uns mein Vater, als mich Karl in der Küche küßte. Es gab einen furchtbaren Zank, meine Mutter schlug mich, und der Vater schlug Karl und nannte ihn einen Betteljungen und mich eine ungerathene Dirne. Ich habe meinen Vater nie so erregt und außer sich gesehen, wie an jenem Tage. Er befahl Karl, sofort das Haus zu verlassen, und zuletzt gestattete er ihm nur, bis zum heutigen Morgen zu bleiben. Ich warf mich meinem Vater zu Füßen und bat ihn, unsere Liebe nicht zu stören. Er antwortete mir mit Schlägen und erklärte, daß er niemals, so lange er lebe, seine Einwilligung zu unserer Verheirathung geben würde. Auch die Mutter sagte das Gleiche.«

Als das Mädchen diese Worte gesprochen hatte, herrschte eine fürchterliche Stille in der Kammer, in der sich außer ihr und mir nur noch der Protokollführer und der Ortsschulze befanden. Selbst erschüttert, rief ich ihr zu: »Heute Morgen also sollte Ihr Geliebter das Haus verlassen, in das er nach Ihrer eigenen Aussage niemals als Ihr Gatte einziehen konnte, so lange Ihre Eltern lebten, und in der Nacht griff der von Rache, von Wahnsinn, Zorn und Liebe Verblendete zur Holzaxt und tödtete seine Pflegeeltern – Ihre Eltern, Mädchen; wahrscheinlich mit Ihrer Einwilligung!«

Das Mädchen blieb wie erstarrt stehen und bewegte sich nicht. Sie schrie nicht auf, als ich ihr die fürchterliche Anklage in's Gesicht schleuderte, sie weinte nicht, sie wurde nicht ohnmächtig, sondern sie blieb starr, wie vom Blitz getroffen stehen.

*

Als ich gegen Abend wieder mit meinem Protokollführer Zellerndorf verließ, fuhr uns voraus ein Wagen, den der Ortsschulze und ein Gendarm bewachten, und auf welchem als verdächtig des Mordes und der Mitwissenschaft am elterlichen Doppelmord Karl Vogt und Anna Stegnitz als Gefangene saßen.

2.

Die erste Nacht im Gefängnisse pflegt, besonders für diejenigen Menschen, welche zum ersten Male sich eines schweren Verbrechens schuldig gemacht haben, nie ohne bedeutenden Einfluß vorüberzugehen. Die unheimliche Stille und die Finsterniß, welche den Gefangenen umgeben, wecken seine Phantasie, und, angestachelt von dem mahnenden Gewissen, führt ihm diese in furchtbaren Bildern die einzelnen Scenen seines Vergehens vor Augen.

Der Gefangene sieht sich selbst, er sieht seine Opfer, er sieht das geraubte Gut; das Blut, das nach seinem Kopfe drängt und in seinen Schläfen hämmert, das in seinen Ohren saust und Töne wie von Glockengeläute erzeugt, scheint ihm zuzuschreien: »Verbrecher! Verbrecher!« Das Bewußtsein, verhaftet und in Untersuchung zu sein, gegen welche sein Leugnen nur wenig helfen dürfte, lähmt den Muth des Gefangenen, und oft habe ich es als Kriminalbeamter beobachtet, daß die hartnäckigsten, verstocktesten Subjekte am Morgen nach der ersten Gefängnißnacht zu demüthigen, verzweifelten, hilflosen Jammergestalten geworden waren.

Wenn man auf das Gemüth eines Verbrechers einwirken will, wenn man die Absicht hat, seinen Seelenzustand auszunutzen für die Erlangung eines Geständnisses, so gibt es nichts Besseres, als am Morgen nach jener ersten Gefängnißnacht sich ihn wieder vorführen zu lassen.

So fand auch ich mich in dem Gefängnisse des Ortes, wo ich meinen Amtssitz hatte, schon in frühester Morgenstunde ein und ersuchte den Direktor, mir vor Allem die Anna Stegnitz vorführen zu lassen. Ich hoffte, daß auf das Mädchen, welches ja noch ziemlich jung war, die Nacht so günstig in kriminalistischem Sinne eingewirkt haben müsse, daß sie vielleicht nicht mit einem Geständnisse zurückhielt, durch welches die Schuld des Karl Vogt als unumstößlich feststehend betrachtet werden konnte. Daß dieser sich auf ein Geständniß einlassen würde, glaubte ich nicht, trotzdem die gegen ihn vorliegenden Beweise so erdrückende waren, daß es als vollkommene Thorheit erscheinen mußte, wenn er noch weiter zu leugnen gedachte. Es sprach Alles gegen ihn, und er selbst hatte ja schon durch sein halbes Geständniß sich eigentlich so schwer belastet, daß eine Verurtheilung erfolgen mußte. Er hatte mit seinen Pflegeeltern Streit gehabt, bei dem es sich sowohl um seine Zukunft, als auch um seine Liebe, ja selbst um seine Ehre handelte. Er war Soldat und war stets ein Mensch gewesen, der etwas auf sich hielt, und er hatte sich schlagen lassen müssen, weil er es gewagt hatte, seine Augen zu der einzigen Tochter seiner Beschützer und Gönner zu erheben. Mit Schimpf und Schande wollte man ihn vom Hofe treiben, einer ungewissen Zukunft mußte er entgegengehen, und sein Ehrgefühl mußte über die Art und Weise, wie er aus dem Hause seiner Pflegeeltern verstoßen wurde, ebenso verletzt werden, wie durch den Vorwurf, den man ihm gemacht hatte, daß er als Betteljunge und aufgelesenes Kind um die Tochter des reichen Bauern freien wolle. Wohl war Karl Vogt sonst nach Aussage aller Leute, die ihn kannten, ein nüchterner, fleißiger und achtbarer Mensch, aber gab es nicht Motive genug für ihn, um Rachegefühle gegen seine Pflegeeltern zu hegen; brachte ihm nicht ihr plötzlicher Tod Vortheile?

Wie oft hatte ich es als Kriminalist erfahren, daß durchaus achtbare, ja gutmüthige Menschen zu Mördern, zu schweren Verbrechern wurden, weil die Leidenschaft sie übermannte!

Ich suchte mich in die Seele dieses Karl Vogt zu versetzen unmittelbar nach der Scene, die ihm sein Pflegevater bereitet hatte; Zorn, Scham, und nicht zum Mindesten der Gram um die Geliebte, die vielleicht in kürzester Zeit durch den Willen ihres Vaters an einen Anderen verheirathet wurde, mußten in ihm wüthen. Wer weiß, welch' furchtbare und finstere Gedanken in seinem Inneren entstanden! Ja, wenn die beiden Alten, die ihm im Wege standen, todt waren, dann gab es kein Hinderniß mehr, dann fiel alle Sorge und aller Kummer fort! Vielleicht hatte er mit Abscheu, mit Grauen und Schrecken den ersten Keim des furchtbaren Mordgedankens in sich aufgehen sehen, schon nach einer Stunde aber hatte der Gedanke an die entsetzliche That vielleicht nicht mehr so viel Schreckliches gehabt, wie im ersten Augenblicke. Er ging voll Leidenschaft nach dem Kruge, um dort sich mit Getränken zu betäuben, vielleicht um sich Muth Zu der fürchterlichen That zu trinken; dann kehrte er zurück und verübte das Verbrechen. Mit einem gewissen Raffinement dachte er unmittelbar nach der That daran, die Spuren derselben zu verwischen, ja den Verdacht auf Andere zu lenken. Er entledigte sich seiner blutbefleckten Kleidung, versteckte die Axt, mit der er die That vollbracht, dann hob er die Thür aus, die zum Hofe hinaus führte, wahrscheinlich in dem thörichten Glauben, daß nun angenommen werden müsse, der Verbrecher sei von außerhalb gekommen und in das Haus durch die ausgehobene Thür eingedrungen. Nachdem er diese Vorsichtsmaßregeln getroffen, eilte er hinaus auf die Straße, rief um Hilfe und that, als wäre er zufällig unmittelbar nach der That nach Hause gekommen.

Welche Mitschuld an dem Verbrechen aber hatte die Anna Stegnitz, seine Geliebte? Es war wohl nicht so ohne Weiteres anzunehmen, daß sie Mithilfe bei der That geleistet habe, vielleicht hatte ihr auch der aufgeregte junge Mann von seinem Plane gar nichts mitgetheilt, um so weniger, als vielleicht der feste Entschluß, die furchtbare That zu verüben, ihm erst im letzten Momente gekommen sein mochte. Jedenfalls aber mußte sie ahnen, vielleicht sogar wissen, daß Karl Vogt der Verbrecher war. –

Anna Stegnitz wurde vorgeführt, und auch bei ihr hatte sich der alte Satz bewährt, daß die erste Gefängnißnacht einen fürchterlichen Eindruck macht. Das Mädchen zeigte einen geradezu schrecklichen Gesichtsausdruck und schien innerlich vollständig gebrochen zu sein. Es that mir aufrichtig leid um das arme Kind, aber meine Pflicht als untersuchender Beamter untersagte mir, mich von meinem Gefühl leiten zu lassen. Ich merkte wohl, daß es darauf ankommen würde, das Herz des verzweifelten Mädchens mit den richtigen Worten zu treffen, und deshalb sagte ich zu ihr: »Sie haben die erste schreckliche Nacht allein im Gefängnisse verbracht, und gewiß haben Sie weder Ruhe für Ihr Herz, noch für Ihren Körper gefunden. Gewiß haben Sie an nichts gedacht, als an das furchtbare Verbrechen, dem Ihre Eltern, welchen Sie so viel Gutes verdanken, zum Opfer fielen, und vielleicht ist auch Ihnen der Gedanke gekommen, daß Sie das furchtbare Bild Ihrer ermordeten Eltern während Ihres ganzen Lebens nicht mehr los werden, wenn Sie nicht alles Mögliche thun, um den Verbrecher zur Strafe zu bringen. Wer er auch sei, möge er Ihrem Herzen noch so nahe stehen, er muß die Strafe für seine schreckliche That empfangen. Sie aber machen sich gewissermaßen zur Mitschuldigen seines Verbrechens, wenn Sie Ihre Aussage verweigern oder so einrichten, daß er durch dieselbe entschuldigt wird. Daher gehen Sie in sich und geben Sie der Wahrheit die Ehre.«

Anna Stegnitz rang schluchzend die Hände; endlich stieß sie mühsam hervor: »Was soll ich denn sagen? Ich habe ja nichts gesehen!«

»Sie haben zwar nichts gesehen, aber Sie haben wohl etwas gehört. Das sagten Sie ja bereits gestern aus. Sie hörten die Schläge, durch welche Ihren unglücklichen Eltern das Leben genommen wurde. Ich gebe zu, daß Sie vielleicht damals nicht wußten, was diese Schläge bedeuteten, aber ich frage Sie jetzt auf Ihr Gewissen: Als Sie Kenntniß von der fürchterlichen That erhielten, als Sie selbst an den Zusammenhang dachten zwischen dem Hin- und Hergehen im Hause, das Sie hörten, und der furchtbaren That, stieg da in Ihnen nicht ein bestimmter Verdacht auf gegen irgend einen Menschen, der wohl der Mörder sein könnte?«

Das Mädchen schwieg und ihr Schluchzen vermehrte sich.

»Sie antworten nicht,« fuhr ich fort, »und das macht Ihr Verhalten immer verdächtiger. Wissen Sie auch, daß ich nun auf den Gedanken kommen muß, daß Sie von dem furchtbaren Plane wußten, der gegen Ihre Eltern vorbereitet wurde, daß ich Sie geradezu für mitschuldig halten muß an der That, die Sie vielleicht hätten verhindern können und doch nicht verhinderten?«

Das Mädchen sah mich wie irrsinnig an, als könne sie das Furchtbare nicht fassen, was ich soeben gesagt hatte.

»Ich mitschuldig am Tode meiner Eltern?« rief sie. »Ich sollte gewußt haben, daß man ihnen ihr Leben nehmen wollte? O Gott! O Gott! Das werden Sie doch nicht von mir glauben! Das kann kein Mensch von mir glauben, daß ich ruhig still gelegen haben sollte in dem Augenblick, als man die Eltern abschlachtete, während ich sie durch einen einzigen Schrei hätte retten können!«

»Der Gedanke mag Ihnen schrecklich sein,« sagte ich ihr, »daß so etwas von Ihnen geglaubt wird, aber dieser Gedanke drängt sich Einem unwillkürlich auf, ebenso wie sich Ihnen der Glaube mit aller Gewalt aufgedrängt haben mag, daß der Thäter kein Anderer, als Ihr Geliebter und Pflegbruder Karl Vogt gewesen ist. Antworten Sie mir, ist dieser Gedanke nicht aufgestiegen in Ihnen, vielleicht mehr als einmal, seitdem Sie um jene That wußten?«

Das Mädchen rang die Hände und ihr Schluchzen war herzzerreißend. Sie hob die Arme zu mir empor und rief: »Es ist nicht möglich! Es ist nicht möglich! Es kann nicht möglich sein! Ich werde wahnsinnig, wenn ich daran denke.«

»Beruhigen Sie sich,« erklärte ich ihr, »und sagen Sie die Wahrheit.«

»Ich kann nichts sagen,« schrie sie, »und ich habe nichts zu sagen! Wie sollte ich einen solch' furchtbaren Verdacht aussprechen.«

»Dann antworten Sie auf eine andere Frage: halten Sie Ihren Geliebten für *nicht*schuldig?«

Ich wiederholte dreimal diese Frage und erhielt keine Antwort. Dieses Schweigen des verzweifelten Mädchens war eine viel schwerere Anklage, als es eine Antwort hätte sein können. Ich ließ die Weinende abführen, befahl aber, sie in der Nähe zu halten, und ließ mir Karl Vogt kommen.

Ich hatte mich getäuscht, wenn ich glaubte, heute einen Menschen vor mir zu haben, dem die erste Gefängnißnacht seine moralische Kraft gebrochen hätte. Im Gegentheil, der junge Mann zeigte eine Ruhe und Entschlossenheit, die mir geradezu imponirte. Auch an ihn wendete ich mich zuerst mit freundlichen Worten und bat ihn, in seinem eigenen Interesse sein Gewissen zu erleichtern durch ein offenes Bekenntniß seiner Schuld. Statt dessen aber erklärte er: »Ich habe die ganze Nacht über das nachgedacht, was in den letzten sechsunddreißig Stunden geschehen ist. Ich gebe zu, daß Sie und vielleicht auch alle anderen Menschen glauben müssen, daß ich die schreckliche That begangen habe. Aber ich schwöre es, ich bin unschuldig an der That! Nie ist in mir der Gedanke aufgestiegen, den Leuten etwas zuzufügen, denen ich so viel verdankte, die ebenso wie Eltern an mir gehandelt haben. Nein! Nein!« setzte er dann leidenschaftlich hinzu, »noch besser als Eltern sonst an ihren Kindern zu handeln pflegen! Ich gebe zu, Sie müssen glauben, daß ich der Mörder bin; aber ich bin es nicht! Mein Gewissen ist rein, und wenn ich wegen des Mordes verurtheilt werde, und wenn ich meinen Kopf auf das Schaffot legen muß, so will ich es ruhig thun, denn ich kann mit reinem Gewissen vor Gottes Thron treten!«

»Sagen Sie einmal,« erklärte ich ihm nach dieser mit ziemlicher Leidenschaftlichkeit vorgetragenen Rede, »wenn Sie nicht der Mörder gewesen sein wollen, wer soll es denn dann gewesen sein?«

Vogt zuckte die Achseln und sah zu Boden.

»Sie wissen selbst,« begann ich wieder, »daß Ihre ermordeten Pflegeeltern keinen Feind hatten, dem eine solche That zuzutrauen wäre. Auch Einbrecher können nicht gut in das Haus hineingekommen sein, denn dann hätte man Spuren des Einbruchs bemerken müssen. Es muß also Jemand die That begangen haben, der Zutritt in das Haus hatte, der den Schlüssel besaß, um die Hausthür zu öffnen, der außerdem das Recht hatte, sich im Hause aufzuhalten, sei auch dieses Recht für ihn zum letzten Male in jener Nacht vorhanden gewesen.«

Ich beobachtete bei letzteren Worten scharf das Gesicht des Gefangenen, aber nichts bewegte sich in demselben.

»Der Mörder kann ja,« versetzte er dann nach einer Pause, »in dem Hause eingeschlossen gewesen und nach der That entflohen sein. Die Thür, durch die er geflohen ist, war ja ausgehoben und an die Wand gestellt. Diese Thür konnte nur von innen geöffnet werden, von außen konnte Niemand hinein.«

»Sehr richtig!« entgegnete ich. »Deshalb war Derjenige, der die Thür aushob, um dadurch die Spur von sich abzulenken, sehr thöricht. Wenn nämlich der Verbrecher, wie Sie sagen, entfliehen wollte, so brauchte er ja die Thür nur zu öffnen; warum hob er sie dann aus? Das gab ja auf der Flucht nur unnützen Zeitverlust. – Nein, nein, Vogt! Versuchen Sie nicht mit dieser thörichten Maßregel, die Sie wahrscheinlich selbst getroffen haben, sich herauszureden. Sehen Sie, dieses gänzlich überflüssige Ausheben der Thür spricht ganz entschieden gegen die Annahme, daß ein Fremder der Thäter gewesen ist.«

»Ich weiß es nicht,« entgegnete Vogt, »warum der Thäter das gethan hat. Als ich nach Hause kam, fand ich die Thür ausgehoben und sofort kam mir der schreckliche Gedanke, daß ein Verbrechen geschehen sei. Allerdings glaubte ich noch nicht an ein so furchtbares.«

Ich betrachtete den Gefangenen prüfend und lange, und sagte endlich: »Was Sie da soeben sagten, bringt ein neues und wichtiges Moment in die Untersuchung. Sie erklärten soeben, schon als Sie die Thür angeblich ausgehoben fanden, ahnten Sie, daß ein *Verbrechen* geschehen sei; warum ahnten Sie denn das? Wußten Sie vielleicht, daß Jemand im Hause versteckt war? Fast könnte man das annehmen, wenn man Ihre soeben gesprochenen Worte in Betracht zieht.«

Ueber das Gesicht Vogt's huschte eine glühende Röthe, er stotterte verwirrt einige Worte und sagte dann nach einer längeren Pause, die er gebrauchte, um sich zu fassen: »Ich weiß von nichts! Aber ich bin der Thäter nicht gewesen!«

»Dann war es Jemand, den Sie kannten,« sagte ich, um den jungen Mann zu verblüffen. Ich hatte diese Worte wirklich nur auf's Gerathewohl gesagt und erstaunte daher über die Wirkung, die sie bei Vogt hervorriefen. Seine Ruhe schien plötzlich dahin zu sein. Der Röthe in seinem Gesichte folgte jetzt eine jähe Blässe, und ohne die Augen aufzuschlagen, sagte er:

»Ich weiß von nichts, aber ich war der Mörder nicht! Ich bin wirklich erst dazu gekommen, als die schreckliche That schon geschehen war.«

Ich befand mich in einer Aufregung, die ich nur mühsam beherrschte. Aus den wenigen Andeutungen und aus dem Betragen Vogt's konnte man auf ein neues Moment, das da in die Untersuchung hinein kam, schließen. Ich mußte fast annehmen, daß Vogt einen Mitschuldigen hatte. Er schien aber wenig geneigt, diesen anzugeben, und deshalb versuchte ich durch ein etwas gewaltsames Mittel auf ihn einzuwirken.

Ich flüsterte dem Gerichtsschreiber etwas zu, dieser ging hinaus, kehrte bald darauf zurück und ihm folgte auf dem Fuße Anna Stegnitz.

Mit gespanntester Aufmerksamkeit beobachtete ich das Gesicht Vogt's, als seine Geliebte eintrat. Ich erwartete, er würde Ueberraschung zeigen, aber er warf nur einen langen, traurigen Blick auf das Gesicht des Mädchens, das mit niedergeschlagenen Augen an den Tisch herantrat und es nicht wagte, dem Blicke ihres Geliebten zu begegnen.

»Karl Vogt,« sagte ich jetzt, »hier steht das Mädchen, das Ihrem Herzen so theuer war, daß Sie um dieser Liebe willen gegen göttliches und menschliches Gebot sich vergangen haben. Auch sie, auch dieses Kind der Ermordeten muß glauben, daß Sie der Schuldige sind.«

Diese Worte machten einen fürchterlichen Eindruck auf Vogt. Er wich entsetzt einige Schritte zurück und sagte: »Du glaubst es, daß ich der Mörder bin? Du glaubst es, daß ich Deine Eltern getödtet habe? Sage nein, sage, daß Du es nicht glaubst, oder ich komme um den Verstand!«

Anna Stegnitz sah zu Boden und antwortete nicht. Eine fürchterliche Pause trat ein, und eine Stille herrschte in dem Zimmer, daß man deutlich das Keuchen der Brust Vogt's hörte.

»Du schweigst?« sagte er endlich, »Du findest kein Wort für mich? Du glaubst also auch an meine Schuld? Nun, so machen Sie mit mir, was Sie wollen! Lassen Sie mich meinetwegen mit Pferden zerreißen, Sie sollen aus mir kein Wort weiter herausbringen! Jetzt bin ich mit dem Leben fertig, schicken Sie mich auf das Schaffot! Sie erweisen mir einen Gefallen damit, denn der Tod ist mir jetzt das Liebste! – Gott im Himmel weiß es, daß ich keine Schuld auf mir habe, aber die Menschen verlassen mich, alle Menschen, alle! Was soll ich noch länger unter ihnen?«

Anna Stegnitz wankte und war einer Ohnmacht nahe. Ich ließ sie hinausführen und auch Vogt nach seiner Zelle zurückbringen, da in dem Zustande, in welchem er sich augenblicklich befand, wohl kaum an ein weiteres Verhör mit ihm zu denken war.

*

Wenige Stunden nach diesem Verhör befand ich mich bereits wieder auf dem Wege nach Zellerndorf. Ich wollte noch einmal an Ort und Stelle eine gründliche Untersuchung der Lokalitäten, außerdem aber auch noch eine zweite, weitergehende Vernehmung aller dortigen Zeugen vornehmen.

Ich fand das Grundstück, in welchem die Stegnitz'schen Eheleute lagen, dicht umstellt von Menschengruppen, denn dort drinnen in den Wohnräumen walteten die Gerichtsärzte ihres Amtes und secirten die Leichen der Ermordeten, um die Art der Verwundungen und die Anzahl der Wunden festzustellen. Ich wollte die Herren nicht weiter stören, freute mich aber, daß das Gutachten des Kreisphysikus sich vollkommen mit meinen Beobachtungen deckte, daß nur ein kleiner Mann von außerordentlich großer Körperkraft das Verbrechen begangen haben könne.

Ich war aber vor Allem hinausgefahren, um nähere Erkundigungen über einen sehr geringfügigen Umstand anzustellen, nämlich bezüglich jenes Paars alter Schuhe, das zugleich mit der blutigen Axt und den blutbefleckten Kleidern des Karl Vogt in dem Heuschober im Hofe gefunden worden war. In dem Augenblicke nämlich, als durch das Verhör des Vogt in mir der Gedanke aufgestiegen war, daß derselbe doch vielleicht einen Mitschuldigen haben könnte, vielleicht sogar einen Mitschuldigen, der die That verübte, während Vogt ihm nur Hilfe dazu geleistet hatte, erinnerte ich mich jener alten Schuhe, und deshalb ließ ich dieselben auch aus dem Gewahrsam des Ortsvorstehers, wo dieselben zugleich mit den anderen aufzubewahrenden Sachen unter Siegel sich befanden, herbeiholen.

Die Schuhe erwiesen sich als ein Paar sogenannter Schlorren, das heißt, es waren von einem früheren Paar Stiefel die Schäfte abgeschnitten worden, und so eine Art ziemlich weiter Schuhe entstanden. Wie bereits erwähnt; war das Paar sehr defekt und sogar jetzt noch feucht, so daß man sehr wohl sehen konnte, die Schuhe waren im Schnee getragen worden, wahrscheinlich kurze Zeit, bevor der Mord verübt wurde.

Ich ließ sämmtliche Knechte und Mägde des Stegnitz der Reihe nach vor mich kommen, zeigte ihnen die Schuhe und fragte sie, ob ihnen dieselben nach ihrer Form oder überhaupt irgendwie bekannt seien, ob sie diese Schuhe im Hause oder überhaupt an den Füßen irgend eines Hausbewohners, selbst die beiden Ermordeten nicht ausgeschlossen, gesehen hätten.

Uebereinstimmend lauteten die Aussagen dahin, daß Schuhe dieser Art von den Zeugen niemals im Hause oder an den Füßen irgend eines Hausbewohners gesehen worden wären. Niemand konnte sich erinnern, daß überhaupt im Hause jemals solche Schuhe vorhanden gewesen seien.

Wie kamen nun aber diese eigenthümlichen Schuhe, die Niemand kennen wollte, in den Heuschober, und zwar zu den blutbefleckten Sachen Vogt's und dem Mordinstrument?

Der Gendarm, der in Veranlassung der Obduktion der Leichen wieder anwesend war, erklärte, daß die Sachen in der Weise in dem Heuschober versteckt gewesen seien, daß am tiefsten darin, also am meisten nach der Mitte zu, die blutbefleckten Sachen lagen, dann kamen die Schuhe und am weitesten nach außen zu lag die blutige

Axt. Wie sich nebenbei ergab, stammte die Axt aus dem offenen Holzschuppen im Hofe der Stegnitz'schen Besitzung. In diesem Holzschuppen befanden sich – wie bereits angeführt – einige Bretter, eine Schnitzbank, und dort hatte auch sonst im Winkel, hinter Brettern verborgen, die Axt gelegen. Sämmtliche Knechte und Mägde vermochten dieselbe auf's Genaueste zu rekognosziren. Wer also die Axt dort aus dem Schuppen herausgenommen hatte, der mußte wissen, daß er sie dort überhaupt finden würde; es mußte ein mit der Lokalität vollkommen Vertrauter sein. Wie kamen aber diese Schuhe in den Heuschober?

Ich ließ als Sachverständigen den einzigen Schuhmacher von Zellerndorf vorladen und der Meister erschien sehr rasch. Er betrachtete sorgfältig die ihm vorgelegten Schuhe; endlich erklärte er: »Mir ist es nicht bekannt, daß irgend Jemand im Dorfe jemals solche Schuhe getragen hätte. Ich zum Wenigsten habe sie nicht angefertigt. Ich kann aber sehr wohl, selbst unter Eid, aussagen, daß die Schuhe überhaupt nicht aus unserer Gegend stammen, nicht einmal aus unserer Provinz. Ich bin ziemlich weit herumgewandert und kenne die Art der Anfertigung von Schuhen in dieser ganzen Provinz genau. Wir pflegen die Schuhe zu nageln, oder mit sogenanntem Pechdraht das Oberleder an der Sohle festzunähen; diese Schuhe sind aber mit Drahtklammern genäht, die sich nur mit großen, besonderen Maschinen einschlagen lassen. So viel mir aber bekannt, gibt es solche Maschinen in unserer ganzen Provinz nicht. Die Schuhe müssen auch einmal sehr werthvoll gewesen sein, denn das Leder ist heute noch ziemlich gut. Sie sind auch in der Sohle so geschweift, wie das bei uns gar nicht üblich ist. Ich möchte fast behaupten, es sind englische Schuhe, mit voller Sicherheit aber kann ich nur erklären, daß aus hiesiger Gegend diese Schuhe nicht stammen.«

Gegen Abend fuhr ich wieder nach meinem Amtssitz zurück, nachdem ich noch ein genaues Verhör mit allen Nachbarn des Stegnitz'schen Gehöftes, ja fast mit der größeren Zahl der erwachsenen Dorfbewohner angestellt hatte, dahin gehend, ob sie am Tage vor dem Morde oder in der Nacht irgend eine fremde Person auf dem Stegnitz'schen Hofe oder im Dorfe überhaupt gesehen hätten. Das Resultat dieses außerordentlich umfangreichen und anstrengenden

Verhörs war ein durchaus negatives; Niemand hatte eine fremde oder irgendwie auffällige Person bemerkt.

Ich ließ noch am Abend mir Karl Vogt nochmals vorführen und sagte ihm offen: »Die Sache wird immer verwickelter, und Sie sind der einzige Mensch, der Auskunft geben kann. Wie sind diese Schuhe in den Heuschober gekommen? Haben Sie dieselben hineingesteckt?«

»Machen Sie mit mir, was Sie wollen,« sagte trotzig der Gefangene, »Sie erfahren von mir nichts mehr! Lassen Sie mich hinrichten! Das ist das Einzige, was ich haben will.«

Es war aus Karl Vogt nichts herauszubringen, auch in den nächsten Tagen nicht. Der Mann war wie verwandelt; er mußte Tag und Nacht in seiner Zelle auf das Sorgfältigste beobachtet werden, weil ich befürchtete, er könne einen Selbstmordversuch machen. Auf alle Fragen antwortete er mit Achselzucken oder mit einem kurzen: »Ich weiß nicht,« oder mit dem trotzigen: »Machen Sie mit mir, was Sie wollen.«

Vorläufig mußte also für längere Zeit auf jedes Verhör mit dem aus Rand und Band gerathenen Menschen verzichtet werden.

Was aber sollte nun mit Anna Stegnitz geschehen? Nach Lage der Sache und der Untersuchung mußte sie eigentlich entlassen werden, denn weitere Verdachtsmomente waren gegen sie nicht aufgetaucht. Es war auch nothwendig, sie wenigstens zum Begräbniß ihrer Eltern zu beurlauben, und die Staatsanwaltschaft, mit welcher ich mich in's Einvernehmen setzte, gab ihre Genehmigung dazu, das Mädchen am Tage vor der Beerdigung ihrer Eltern zu entlassen. Ich redete ihr nun energisch in's Gewissen, ehe sie fortging, und forderte sie auf, sich, während sie am Grabe ihrer ermordeten Eltern stünde, darauf zu besinnen, was ihre Pflicht sei. Auch fragte ich sie, ob sie sich an ein Paar Schuhe der oben erwähnten Art erinnere, aber auch sie erklärte, von solchen nichts zu wissen.

Es wurde daher eine Zeichnung jener Schuhe angefertigt und in den benachbarten Städten vertheilt, auch in den Zeitungen durch Inserate veröffentlicht. Handelte es sich doch darum, einen Mitschuldigen an dem furchtbaren Doppelmorde, wenn nicht den eigentlichen Thäter selbst, zu entdecken. Bei mir wenigstens hatte sich die feste Ueberzeugung ausgebildet, daß doch Karl Vogt trotz aller gegen ihn sprechenden Verdachtsmomente vielleicht nicht der wirkliche Thäter sei. Was hatte er aber dann für einen Grund, so hartnäckig zu schweigen, wenn er sich durch die einfache Erzählung des Thatbestandes, wenn auch nicht schuldlos, so doch minder schuldig machen konnte? Ich wußte es nicht, und die Untersuchung stockte nach allen Richtungen hin, weil der trotzige Mensch, wie bereits vorher erwähnt, nicht dazu zu bewegen war, irgend welche Erklärungen oder Geständnisse zu machen.

3.

Fünf Tage waren vergangen, als sich zu meinem Erstaunen Anna Stegnitz wieder bei mir einfand, um mir mitzutheilen, daß sie jetzt Aussagen zu machen habe, die vielleicht nicht ohne Belang seien. Trotzdem das Begräbniß ihrer Eltern sehr erschütternd auf sie eingewirkt haben mochte, fand ich das Mädchen gefaßter, und ihr Gesicht zeigte nicht mehr den Zug der Verzweiflung und des Leidens, der unmittelbar nach ihrer Verhaftung auf demselben erschienen war. Eine gewisse Energie drückte sich vielmehr in ihren fest geschlossenen Lippen, in den fest zusammengezogenen Augenbrauen aus, sie war bleich, aber entschlossen, und wenn sie auch ihre Erregung nur mühsam unterdrücken konnte, so war sie doch thränenlos, als sie begann:

»Ich komme zu Ihnen, um Sie zu bitten, von einigen Sachen, die ich entdeckt habe, Notiz zu nehmen, und um Ihnen gleichzeitig noch einige Sachen mitzutheilen, die ich entweder früher vergessen hatte, oder die ich nicht sagen wollte. Sie haben mir gesagt, ich solle mich am Grabe meiner Eltern erinnern, was meine Pflicht sei; ich habe das gethan und komme heute zu Ihnen, weil ich die feste Absicht habe, den Mörder meiner unglücklichen Eltern zu entdecken. Ich hätte mich gegen diese Entdeckung auch früher nicht gesträubt, aber wenn ich es auch nicht ausgesprochen habe, so wissen Sie ja, Herr Kriminalrath, trotzdem sich mein Herz auch noch so sehr sträuben wollte, daß ich glauben mußte, mein unglücklicher Bräutigam sei der Thäter gewesen. Ich konnte sogar, als Sie mich ihm gegenüber stellten, es nicht einmal über mich gewinnen, zu lügen und ihm zu sagen, daß ich an seine Unschuld glaube, und Sie haben ja selbst gesehen, welchen furchtbaren Eindruck auf den armen guten Karl mein Schweigen gemacht hat. Ich habe Tag und Nacht zu Gott gebetet, mich aus diesem Zwiespalt zwischen meinem Kopf und meinem Herzen heraus kommen zu lassen, und ich glaube, der Himmel hat mich erhört. Es ist Ruhe in meine Brust eingezogen, und ich habe jetzt die feste Ueberzeugung, daß der Mann, den ich über Alles liebe, die fürchterliche That nicht begangen hat. Von dem Augenblicke an, in dem Sie mich entließen, habe ich mir Mühe gegeben, etwas Neues zu entdecken. Nachdem meine Eltern begraben worden waren, habe ich unser ganzes Haus durchsucht, um irgend Etwas zu finden, und nun bringe ich Ihnen das Resultat.

Erstens, aus Karl's Kammer und aus seiner Kiste fehlen fast sämmtliche Kleidungsstücke, ein großer Theil seiner Wäsche, und auch ein Paar neue Stiefel. Ich habe mit der Mutter zusammen die Wäsche und die Sachen meines Pflegebruders in Ordnung gehalten und weiß daher genau, was er besaß. Der Diebstahl ist aber nicht etwa nach dem Morde begangen worden, denn die Thür zu Karl's Kammer war durch den Ortsrichter versiegelt worden, und erst für mich hat er sie wieder geöffnet. Dann aber ist gestern zu mir ein kleiner Knabe gekommen, der bei dem eingetretenen Thauwetter sich hinter unserem Gehöfte herumgetrieben und dort eine rothtuchene Weste gefunden hat, die ich als Karl's Eigenthum erkannte. Dieses Kleidungsstück hat etwa hundert Schritt von unserer Gehöftmauer entfernt unter dem Schnee gelegen und ist erst zum Vorschein gekommen, als der Schnee gestern schmolz. In dieser Weste nun befindet sich Geld, wie Sie sehen, in ein kleines seidenes Tuch eingebunden. Dieses Tuch habe ich einmal Karl geschenkt, und ich kann wohl annehmen, daß das Geld hier von ihm erspart wurde, und daß er es in der Weste aufbewahrt hatte. Wie kommt nun diese Weste dorthin, so weit entfernt von unserem Hofe? Wer hat sie dorthin getragen? Denn daß sie etwa über die Mauer geworfen wurde, ist nicht anzunehmen. – Drittens aber habe ich noch etwas mitzutheilen, was mir aufgefallen ist, als ich den Nachlaß meiner Eltern zusammen mit dem Ortsrichter durchsuchte. Sie haben selbst damals in dem Zimmer, in dem die Ermordeten lagen, eine blecherne Büchse gesehen, in der sonst meine Eltern ihr Geld aufbewahrten, und die erbrochen und ihres Inhalts beraubt worden war. Ich weiß aber genau, daß meine Eltern nicht nur baares Geld, sondern auch Papiere, auch eine Anzahl von Quittungen und Schuldscheinen in der Kommode verwahrten. Von allen diesen Sachen findet sich auch nicht die geringste Spur. Welchen Grund hätte nun der Mörder haben können, die für ihn ganz werthlosen Quittungen und Schuldscheine mit sich zu nehmen? Und warum hätte mein unglücklicher Pflegebruder, der so sehr verdächtig scheint, sich die Zeit nehmen sollen, auch diese Papiere bei Seite zu schaffen?«

Anna Stegnitz schwieg jetzt; aber man merkte es ihr wohl an, mit welchem Eifer sie mir ihre Sache vorgetragen hatte. Leider mußte ich alle die Neuigkeiten, die sie mir meldete, von einem ganz anderen Standpunkte aus betrachten, als das unglückliche Mädchen, dem nur daran lag, den Geliebten zu entlasten. Ja, ich war sogar gezwungen, die Momente, die sie vortrug, belastend für Karl Vogt zu finden. Es fehlten Kleidungsstücke und Stiefel von ihm, seine Weste mit dem Spargeld war weit entfernt von dem Gehöft unterm Schnee gefunden worden: das bewies mir als Kriminalisten, daß eben noch eine zweite Person im Spiel gewesen war, daß meine längst gehegte Vermuthung, Vogt habe einen Mitschuldigen, richtig sei. Als Kriminalist kam ich aber unwillkürlich zu der Annahme, daß sowohl die Kleidungsstücke, als auch die sammt dem Gelde verlorene Weste vielleicht von Vogt an seinen Mitschuldigen als Belohnung für die Theilnahme an der schrecklichen That gegeben worden seien. Wer hätte denn wohl sonst Veranlassung gehabt, bei dem Morde auch noch diese kleinen Diebstähle in der Kammer des jungen Mannes zu verüben? Wer wußte überhaupt, wo derselbe seine besten Sachen verwahrt hatte?

Für mich brachten in der That die Neuigkeiten des Mädchens, die ja durchaus nicht zu unterschätzen waren, keine Klarheit, sondern neue Verwirrung in die Sache. Zwar konnte auch ich kein Motiv finden, das Karl Vogt, wenn er der Mörder war, veranlaßt haben konnte, die Schuldscheine und Quittungen zu entwenden, aber es hatte auch eigentlich kein anderer Mensch irgend welches Interesse an der Fortnahme dieser Papiere, wenn man eben nicht annehmen wollte, daß geradezu einer derjenigen Leute, welche dem verstorbenen Stegnitz einen Schuldschein gegeben hatten, der Thäter sei. Ich fragte deshalb Anna sofort, ob sie die Leute ungefähr kenne, welche von ihrem Vater Geld geliehen hatten, sie mußte aber zugestehen, daß ihr keine einzige derselben bekannt sei, daß sie nur öfter von ihrer Mutter gehört habe, daß ihr Vater im letzten Jahre unvorsichtig im Ausleihen von Geld gewesen sei. Die Angaben des jungen Mädchens hatten also etwas Greifbares eigentlich nicht ergeben, dagegen hoffte ich viel davon, wenn ich sie mit dem Geliebten, wenn auch nur auf kurze Zeit, zusammenbrächte. Eine Schädigung der Untersuchung konnte ich von dieser Zusammenkunft wohl kaum befürchten, außerdem gedachte ich derselben unbemerkt beizuwohnen. Ich fragte das Mädchen, ob sie auf ein solches Wiedersehen, bei dem ich den Zuhörer machen wollte, einginge, und sie erklärte sich sofort dazu bereit, lag doch auch ihr daran, daß Vogt endlich mit einem offenen Geständnisse herausrückte, durch welches er höchst wahrscheinlich entlastet werden mußte.

Wenige Minuten darauf öffnete sich die Zellenthür, hinter welcher Vogt, wie immer, dumpf brütend auf dem einzigen Stuhl neben dem kleinen Tisch saß, und Anna trat ein. Durch die Beobachtungsklappe in der Thür, welche dem in der Zelle Befindlichen nicht gestattet, den draußen Stehenden zu sehen, wurde ich Zeuge einer ergreifenden Scene.

Anna wollte sich mit ausgebreiteten Armen an die Brust des Geliebten werfen, dieser aber war bei ihrem Anblick erschrocken aufgestanden und hielt ihr abwehrend beide Arme entgegen.

»Bleibe von mir!« rief er mit unsicherer Stimme.

»Zwischen uns ist Alles aus! Zwischen uns muß eine Welt liegen, wir dürfen nie wieder zusammenkommen!«

»Karl!« schrie das Mädchen außer sich. »Kannst Du mir nicht verzeihen? Ich habe ja nie behauptet, daß Du schuldig seiest, und ich glaube auch nicht an Deine Schuld; beim allmächtigen Gott, ich glaube nicht daran!«

»Ich zürne Dir nicht,« sagte matt der Gefangene, »daß Du an meine Schuld glaubtest. Du mußtest ja daran glauben! Alles sprach gegen mich, und doch habe ich meine Hand nicht mit dem Blute Deiner Eltern befleckt!«

»Karl!« rief Anna mit gerungenen Händen. »Wenn Du mich je geliebt hast, wenn alle die Worte wahr sind, die Du mir zugeschworen hast, so brich das furchtbare Schweigen und gestehe Alles! Was auch geschehen sein mag, meine Liebe zu Dir wird sich nicht verändern!«

»Sprich nicht von dieser Liebe!« rief erregt Vogt. »Sie ist ein Verbrechen, ohne daß Du es ahnst! Sie ist ein Verbrechen, an dem wir Beide unschuldig sind. Nein, nein: ich doch nicht ganz! Ich habe vielleicht die Veranlassung gegeben zum Tode Deiner Eltern, ohne es zu ahnen, ohne es zu wollen! Frage nicht weiter, denn ich kann und werde Dir weiter nichts sagen! Aber zwischen mir und Dir stehen Deine ermordeten Eltern, und für mich gibt es auf dieser Welt keine einzige andere Hoffnung, als die auf den Tod! Ich will ihn leiden unschuldig, und nur eine Bitte habe ich an Dich, geh' von mir und vergiß mich! Habe Erbarmen mit mir und Peinige mich nicht durch Deine Anwesenheit und Deine Fragen!«

Mehr und mehr tonlos hatte der Gefangene die letzten Worte gesprochen. Noch einmal hielt ihm Anna die gerungenen Hände entgegen, aber er winkte ihr ab, und das Mädchen verließ weinend die Zelle, in der ihre Anwesenheit durchaus keinen Erfolg gehabt hatte.

Es war mir unangenehm, dem unglücklichen Mädchen diese Qual bereitet zu haben, denn ich hatte einen anderen Erfolg erwartet.

*

Die Ueberraschungen schienen überhaupt in der eigenartigen Untersuchung an der Tagesordnung zu sein, denn ungefähr zwei Tage nach dem soeben geschilderten Wiedersehen zwischen Vogt und seiner Geliebten erhielt ich einen sonderbaren Brief, in welchem in der denkbar schlechtesten Handschrift und in fürchterlicher Orthographie Folgendes stand:

»Der Karl Vogt ist nicht der Mörder, auch der nicht, dem die Schuhe gehören. Sucht nur den Mörder im Dorf, ganz in der Nähe, wo der Mord geschehen ist. Er hat weiße Haare und hinkt.

Der, dem die Schuhe gehören.«

Offenbar war dieser Brief infolge der in den Zeitungen geschehenen Veröffentlichung geschrieben. Ich sah nach dem Poststempel und entdeckte, daß der Brief aus einem süddeutschen Orte kam, der von meinem Amtssitz mindestens sechzig bis siebenzig Meilen in gerader Linie entfernt lag.

Offen gesagt, solche Briefe sind in einer Untersuchung nichts Seltenes. Gar oft gehen solche Schreiben, durch welche bestimmte Persönlichkeiten bezichtigt werden, ein; Schreiben, welche abgesendet sind von den Angehörigen der wirklich Schuldigen, die mit diesen Briefen beabsichtigen, die untersuchende Behörde auf eine falsche Fährte zu leiten.

Aber wer hatte dann in diesem Falle den Brief geschrieben? Entweder der Mitschuldige des Karl Vogt oder Anna Stegnitz. Ein anderer Mensch hätte kaum Veranlassung gehabt, diesen Brief abzusenden.

Von Anna konnte ich nicht glauben, daß sie eine derartige thörichte Verschleierung und Verdunkelung der Untersuchung beabsichtigte; aber der Mitschuldige hatte vielleicht den Brief abgesendet. Ihm mußte ja daran liegen, Karl Vogt nach Möglichkeit zu entlasten. –

Der zweitnächste Morgen brachte abermals eine Ueberraschung. Ich erhielt durch einen expressen Boten einen Brief von Anna Stegnitz, in welchem diese mich flehentlich bat, nach Zellerndorf hinauszukommen, da sie mir etwas an Ort und Stelle mitzutheilen habe. Ich hatte ein nicht geringes Interesse für das Mädchen gefaßt, und da ich auch nicht das Mindeste versäumen wollte, was zur Entdeckung der wirklichen Thäter und zur Aufhellung des Thatbestandes führen konnte, so eilte ich schon am Mittag, diesmal ohne Protokollführer, nach Zellerndorf hinaus.

Als ich vor dem Stegnitz'schen Hofe vorfuhr, begrüßte mich bereits Anna und dankte mir mit einem Händedruck dafür, daß ich gekommen sei. Der Hof selbst war außerordentlich gegen damals verwandelt, als ich ihn zum ersten Male gesehen, um den Thatbestand des Verbrechens aufzunehmen. Ueberall herrschte eine Sauberkeit und Ordnung, zu der ja vielleicht der trockene, kalte Frost ziemlich viel beigetragen haben mochte, aber auch, als ich das Haus selbst betrat, sah ich, daß es einen umsichtigen Herrn auf dem Hofe gab. Zu meiner Freude und aufrichtigen Bewunderung vernahm ich, daß Anna mit einer Energie, die selbst von den Dienstboten bewundert wurde, die Wirthschaft aufgenommen habe; und wenn ich dieses Mädchen näher betrachtete, so konnte ich nicht umhin, ihr meine Hochachtung zu zollen.

Aus diesem kindlichen Geschöpf, wie es mir zuerst entgegenge-
treten, und das so fürchterliche Schicksalsschläge, wie die Ermor-
dung ihrer Eltern, die Verhaftung ihres Geliebten und ihre eigene,
hatte ertragen müssen, war ein thatkräftiges Weib geworden, und
das Alles nur durch die Macht der Liebe, die aus diesem einfachen
Bauernmädchen fast eine Heldin, wenigstens in gewissem Sinne,
gemacht hatte.

Ich betrat mit Anna Stegnitz zusammen das Zimmer, in dem die
That verübt worden war; dasselbe war ebenfalls zu seinem Vortheil
verändert. Die Spuren der schrecklichen That waren vollständig
beseitigt, die Möbel standen in bester Ordnung umher, selbst an
den Fenstern hingen kleine, frische, weiße Vorhänge, und man erkannte jetzt dieses trauliche Stübchen nicht wieder, wenn man es
vorher als Stätte des traurigen Verbrechens gesehen hatte.

Ich lehnte die Erfrischung ab, welche mir Anna anbot; dann setzte
sich das Mädchen mir gegenüber an den Tisch und sagte:

»Ich danke Ihnen noch einmal, Herr Kriminalrath, daß Sie meiner
Bitte Folge leisteten und hergekommen sind. Ich habe Ihnen etwas
mitzutheilen, was von hoher Wichtigkeit ist und was ich doch einem Briefe nicht anzuvertrauen wagte, weil der Verdacht, den ich
aussprechen muß, schrecklich genug ist. Auch handelt es sich vielleicht darum, eine Person hier an Ort und Stelle zu vernehmen.«

»Sie haben also weitere Nachforschungen angestellt?«

»Ja,« entgegnete sie, »ja, Herr Kriminalrath, ich habe weiter nach-
geforscht und werde nicht eher ruhen und rasten, als bis ich siche-
ren Aufschluß und Klarheit errungen habe, sollte ich auch darüber
zu Grunde gehen.«

»Nun, so erzählen Sie,« sagte ich etwas ungläubig, in der Annahme, irgend eine leere Vermuthung zu hören.

Anna sah sich im Zimmer scheu um, als fürchte sie, belauscht zu
werden, und begann dann mit gedämpfter Stimme:

»Ich habe vor Allem in der Nachbarschaft herum gefragt, ob
Niemand etwas in jener Nacht gehört oder gesehen hätte. Und da
ist nun etwas Wichtiges zu Tage gekommen. Dort drüben, Herr
Kriminalrath, an der Straße, steht, wie Sie von diesem Fenster aus

sehen können, ein kleines Häuschen, in dem eine Auszüglerin wohnt, eine alte achtzigjährige Frau, mit der sich etwas schwer verkehren läßt, erstens, weil sie nicht gut hört, dann aber auch, weil sie doch schon etwas gedächtnißschwach ist. Ich führe das selbst im Voraus an, Herr Kriminalrath. Trotzdem ist aber die Aussage der alten Frau doch so sicher, daß ich Sie bitten möchte, dieselbe zu vernehmen, und zwar, da sich die Wittwe Banz nicht aus ihrer Stube bewegen kann, in ihrer Wohnung. Sie konnte in jener Nacht nicht schlafen, wie das ja bei so alten Leuten zumeist der Fall ist, sie zog sich daher an und trat an das Fenster. Sie wissen, Herr Kriminalrath, es lag damals Schnee, ja es fiel sogar noch Schnee in der Nacht, und dieser verbreitete eine gewisse Helle. Die Wittwe Banz erzählte mir nun Folgendes: Sie habe kurz nach Mitternacht eine Person aus unserem Gehöft herauskommen sehen, welche in die Dorfstraße eingebogen sei; sie habe dann nach ungefähr zehn Minuten zu ihrem Erstaunen eine zweite Person bemerkt, die ebenfalls aus unserem Hause herauskam, aber nicht durch das vordere Hofthor sich entfernte, sondern vielmehr sich in der Nähe des Heuschobers über die Mauer schwang und dann davonlief. Kurze Zeit darauf kam vom Dorfe her eine Person, in der sie Karl Vogt erkannt haben will. Ungefähr eine Viertelstunde später hörte die Wittwe Banz dann den Hilferuf. Die alte Frau wurde dadurch so erschreckt, daß sie, wie sie mir sagte, sich ein paar Tage gar nicht erholen konnte. Sie hat dann auch von dem Morde erfahren und auch, daß wir Beide, Karl und ich, verhaftet worden sind, sie hat aber nicht weiter darüber nachgedacht, und hat sich vor Allem nicht mit ihrer Aussage gemeldet, weil sie in ihrem Alter mit dem Gerichte nichts mehr zu thun haben wolle. Erst als ich sie besuchte, wurde sie gesprächig, weil sie entschieden wegen meiner Verhaftung Mitleid mit mir hatte.«

»Sehr gut!« entgegnete ich. »Wenn die Frau diese Aussagen wiederholt, so sind wir allerdings um ein großes Stück weiter. Wenn nun aber die alte Frau sich irrt, oder wenn sie von den Aerzten für nicht ganz zurechnungsfähig erklärt wird? – Aber noch etwas Wichtigeres! Die erste Person, die aus dem Gehöfte Ihrer Eltern herauskam, ging nach dem Dorfe zu; hat denn die alte Frau gesehen, wohin diese Persönlichkeit ging?«

»Nein!« entgegnete Anna Stegnitz. »Ich habe auch bereits darnach gefragt. Von ihrem Fenster aus konnte Frau Banz die Person nicht weiter mit den Augen verfolgen, als bis dieselbe in die Dorfstraße eingebogen war. Darf ich nun aber jetzt, Herr Kriminalrath, zu der alten Frau hinübergehen und sie darauf vorbereiten, daß Sie vielleicht ein Verhör mit ihr anstellen werden? Es ist nothwendig, daß ich erst zu ihr hingehe, denn vor dem Gericht und den Personen des Gerichts hat die alte Frau eine ganz außerordentliche Angst, und wenn sie unvorbereitet zu ihr gehen, so möchte sie vielleicht aus Besorgniß vor Unannehmlichkeiten jede Aussage verweigern.«

»Thun Sie das,« sagte ich. »Wenn aber die Frau Aussagen macht, die von Belang sind, so ist es nothwendig, daß dies vor Zeugen geschieht. Ich werde daher selbst den Ortsschulzen aufsuchen und diesen zur Verhandlung mitnehmen. Es wird sich auch schon deshalb empfehlen, den Mann bei dem Verhöre zugegen sein zu lassen, weil die Wittwe Banz ihn kennt und wohl als Respektsperson betrachten muß.«

Ich verließ mit Anna Stegnitz zusammen das Gehöft und suchte den Ortsschulzen auf, den ich auch glücklich zu Hause traf. Als ich mit ihm nach einiger Zeit zurückkehrte, erwartete uns Anna Stegnitz bereits auf der Straße, um uns zu der alten Frau zu geleiten.

Bekanntlich pflegen nach einem eigenthümlichen Herkommen des Bauernthums ältere Leute, insbesondere Wittwen, die einen Hof mit einem Grundstück besitzen, sich im Alter gewissermaßen von ihren Kindern pensioniren zu lassen. Sie übergeben dem Sohn oder Schwiegersohn den Hof und dessen Bewirthschaftung, und gehen in den sogenannten Auszug oder Ausgedinge, das heißt, sie wechseln die Wohnung, indem sie aus dem Hauptgebäude gewöhnlich in ein kleineres Häuschen oder auch nur Stübchen ziehen und dort für sich und leider sehr oft in Feindschaft mit ihren eigenen Angehörigen leben, die kontraktlich verpflichtet sind, den Auszüglern jährlich so und so viel in Baar oder in Naturalien zu liefern.

In einem kleinen Zimmerchen, in dem eine entsetzlich dumpfe Luft herrschte, weil die Frau, wie alle Bauern, eine grundsätzliche Feindin des Lüftens war, fand ich ein altes Mütterchen, das mich mit einem gewissen Entsetzen anstarrte, denn trotzdem sie von

Anna Stegnitz vorbereitet worden war, schien ihr doch das Zusammenkommen mit einer Gerichtsperson schrecklich genug zu sein.

Ich sprach zuerst einige gleichgiltige und möglichst begütigende Worte zu ihr, um ihr zu zeigen, daß ich auch ein Mensch sei und nichts Böses gegen sie im Schilde führe. Dies schien beruhigend auf sie zu wirken, denn sie erzählte nun ziemlich willig, wenn auch manchmal stockend und hin und wieder sich etwas besinnend, den Sachverhalt so, wie ihn mir die Anna Stegnitz bereits mitgetheilt hatte.

Ich wollte indeß natürlich mehr erfahren, und fragte deshalb die alte Frau: »Sie haben also diesen Mann in die Dorfstraße einbiegen sehen; konnten Sie ihn erkennen?«

»Nein! Erkennen konnte ich ihn nicht, und ich will auch keinen Menschen beschuldigen. Gott soll mich davor behüten, daß ich das thue! Noch dazu in einer so schwierigen Sache! Ich will überhaupt nichts damit zu thun haben, und hätte ich gewußt, daß die Anna gleich zu Gericht geht und Alles erzählt, so hätte ich mir lieber die Zunge abgebissen, als so etwas gesagt. Ich will keinen Menschen unglücklich machen, und erkennen kann ich keinen Menschen bei Nacht, das geht überhaupt nicht.«

In dieser weitschweifigen Art pflegte die Frau auch weiter zu antworten, aber ich bekam doch endlich so viel aus ihr heraus, daß sie der Kleidung nach jenen Mann, der in die Dorfstraße einbog, nicht für einen Fremden, sondern eher für einen Einheimischen gehalten habe, ja, die Frau besann sich auch schließlich darauf, daß dieser Mann den rechten Fuß etwas nachgeschleppt habe, als schmerze ihn dieser. Allerdings war sie dann gleich wieder der Ansicht, es sei eigentlich der linke Fuß gewesen, kurzum, ihre Aussage war nicht genau genug, trotzdem aber protokollirte ich in aller Geschwindigkeit die Hauptpunkte ihrer Aussage und forderte die alte Frau auf, dieselbe zu unterschreiben, oder, da sie nicht schreiben konnte, mit drei Kreuzen an Stelle der Unterschrift zu unterzeichnen.

Da kam ich aber schlecht an! Auf etwas Schriftliches wollte sich die Frau, wie das ja bei Bauern zumeist der Fall zu sein pflegt, auf keinen Fall einlassen. Sie glaubte, daß sie, wenn sie diese drei Kreuze unter das Papier setzte, ihren Kopf riskire, und es bedurfte erst unendlicher Ueberredungskünste, um sie zu bewegen, daß sie endlich zitternd die Feder nahm und drei ungeschickte Kreuze unter das Protokoll machte. Des Ortsschulzen Zureden war dabei von der besten Wirkung, den Ausschlag aber gaben die Thränen Anna's, denn als diese zu weinen anfing, wurde die alte Frau gerührt und ließ sich zu der gefährlichen »Unterkreuzung« herbei.

Der Schulze und Anna Stegnitz unterschrieben ebenfalls diese schriftliche Aussage, dann ging ich mit dem Ersteren von der alten Frau fort, bei der Anna noch blieb, um sie zu beruhigen.

4.

So fiel denn das erste Licht in diese dunkle Sache; die erste Kombination war möglich. Erklärt war die sonderbare Angabe des anonymen Briefes, den ich aus Süddeutschland erhalten hatte. Der Thäter schien aus dem Dorfe zu sein, er schien keinen normalen Gang gehabt zu haben, und somit waren die Angaben des Briefes gewissermaßen erhärtet.

Natürlich war dieses erste Licht nichts als ein kleiner Schimmer. Gar nicht herauszufinden war vorläufig, wer den Brief geschrieben hatte und wer also auch Kenntniß von der Sache besaß. Ganz und gar nicht aufgeklärt war der Zusammenhang, in dem die beiden Personen, welche unmittelbar nach der That aus dem Hause herausgekommen waren, mit einander standen. Eine dieser Personen trat aus dem kleinen Pförtchen neben dem großen Hofthor und begab sich auf die Dorfstraße, die andere kletterte über die Mauer und lief querfeldein. Waren diese beiden Personen Genossen? War eine von diesen Personen der Besitzer der herrenlosen sonderbaren Schuhe? Hatte vielleicht nur Einer von ihnen gemordet und der Andere gestohlen? Hatten sie gemeinsam die That verübt und geplant, oder waren sie nur zufällig zusammengetroffen? Wußte Karl Vogt um ihre Anwesenheit, oder kam er nur zufällig erst nach Hause, nachdem die That schon verübt worden war? Mußte er nicht vielmehr eine oder vielleicht auch beide dieser geheimnißvollen Persönlichkeiten kennen? Gewiß! Warum hätte er denn sonst so hartnäckig seine Aussage verweigert, während er doch, wie sich jetzt mehr und mehr ergab, gar nicht mehr direkt betheiligt an der That zu sein schien?

Es ergaben sich jetzt für die weitere Untersuchung so viele Wege, die mit allen Nebenpfaden und Verästelungen verfolgt werden mußten, so viele Fragen, die erörtert werden konnten und mußten, daß ich fürchten mußte, die Untersuchung werde sich mehr und mehr zersplittern und das Festhalten eines einheitlichen Planes unmöglich machen.

Mir war aus meiner Praxis die Gefahr einer solchen Zersplitterung zu wohl bekannt, ich beschloß daher, vorläufig nur eine Spur, und zwar die nächstliegende, aufzunehmen, und das war selbstverständlich diejenige, die den Thäter in einem Dorfbewohner vermuthen ließ. Ich ging daher mit nach der Wohnung des Dorfschulzen, und diesem recht verständigen Mann entwickelte ich meine Ansichten und fragte ihn schließlich, ob er nicht selbst schon daran gedacht habe, daß irgend einer Person im Dorfe wohl die That zugetraut werden könnte?

Achselzuckend erklärte darauf der Ortsschulze: »Man könne die That Vielen zutrauen, aber verdächtigende Umstände haben sich eigentlich gegen Niemanden hier ergeben. Vielleicht wäre man auch früher auf eine andere Spur verfallen, wenn man nicht geglaubt hätte, unter allen Umständen den Thäter in Karl Vogt ergriffen zu haben. Jetzt sind die Spuren verwischt; es sind beinahe vierzehn Tage seit dem Morde verflossen, und die wirklichen Thäter haben unterdeß sehr viel thun können, um die Spur von sich abzulenken und sich in Sicherheit zu bringen.«

Der Mann hatte Recht. Diese erste Verhaftung des Karl Vogt und seiner Geliebten hatte der Sache viel geschadet. So lange man noch Niemanden als den wirklichen Thäter bezeichnen konnte, war gewissermaßen die ganze Bewohnerschaft des Dorfes von dem glühenden Wunsche beseelt, etwas zur Ergreifung des Thäters beitragen zu können. Von dem Augenblicke an aber, wo die Dorfbewohnerschaft die nächsten Verwandten der Ermordeten als Gefangene abführen sah, erlosch dieses Interesse, weil man eben jede weitere freiwillige kriminalistische Thätigkeit für unnütz hielt. Ein Kennzeichen war ja allerdings angegeben worden, sowohl durch den merkwürdigen Brief, der an das Gericht adressirt war, als auch durch die Aussage der Wittwe Banz; der Thäter hatte keinen normalen Gang, er hinkte vielleicht. Aber geschah dies infolge eines Gebrechens oder einer Verwundung? War es nicht sehr leicht möglich, daß sich der Thäter während des Mordes selbst verletzt hatte?

Dieser Gedanke schoß mir durch den Kopf, und ich gab ihm auch dem Ortsschulzen gegenüber Ausdruck. Ich betrachtete den Ortsschulzen und sah, daß dieser grübelnd vor sich nieder blickte, dann sah er mich an, als ob er etwas sagen wolle, sich aber scheue, seinen Gedanken auszusprechen.

»Sie scheinen etwas zu wissen, Herr Schulze,« sagte ich. »Sprechen Sie nur den Gedanken aus, den Sie da eben haben. Die geringste Kleinigkeit kann höchst wichtig sein.«

»Wie ist mir doch?« sagte der Schulze. »Ich erinnere mich jetzt an einen Vorfall, der mir sehr unbedeutend schien, der es aber doch vielleicht nicht ist. Sie wissen, Herr Kriminalrath, daß wir gleich nach der Mordthat das Dorf absuchten, weil wir glaubten, der Thäter könne sich in demselben noch verborgen halten. Fußspuren waren ja nirgends zurückgeblieben, weil es unmittelbar nach der That stark geschneit hatte. Wir begannen deshalb vom oberen und unteren Ende des Dorfes her alle Höfe und Häuser zu durchsuchen; wir glaubten nicht, daß einer von unseren Mitbewohnern der Thäter sein könne, sondern wir nahmen an, daß ein Fremder die That verübt habe und sich noch irgendwo verborgen halte, bis er unauffällig das Dorf verlassen könnte. Wir kamen da auch in ein Haus, das dem Büdner Martens gehört, und durchsuchten dieses. Wir fanden den Martens im Bett liegend; er zeigte mir eine Verwundung am rechten Fuß neben dem Schienbein, einen Axthieb, und erzählte mir auch, er habe am Tage vorher, am Sonnabend, für seinen Hausbedarf Holz gehackt und dabei sei ihm die Axt abgesprungen und in den Fuß gefahren. Herr Kriminalrath, aber um Gottes willen, glauben Sie ja nicht, daß ich den Mann verdächtigen will. Es handelt sich hier nicht nur um Ehre und Gut, sondern auch um Tod und Leben!«

»Beruhigen Sie sich nur,« unterbrach ich den Schulzen, »Sie sprechen ja keinen Verdacht aus; aber solche ein sonderbarer Umstand muß immerhin mit in Berechnung gezogen werden. Was ist denn dieser Martens für ein Mann?«

»Es ist ein kleiner Mann im besten Alter,« sagte der Schulze, »der in kinderloser Ehe mit seiner Frau lebt.«

»Ein *kleiner* Mann?« fragte ich. »Wohl sehr kräftig?«

»O ja!« entgegnete der Schulze. »Kräftig ist er schon.«

»Und welches sind denn seine Verhältnisse?« forschte ich weiter.

»Das kann man eigentlich bei dem Mann gar nicht sagen. Ich weiß nicht, ob er irgend Jemandes Hilfe einmal in Anspruch genommen hat, oder ob es ihm schlecht geht. Zum Mindesten freilich geht es ihm nicht gut, denn wenn man einmal mit ihm zusammenkommt, so pflegt er immer über die schlechten Zeiten und die niedrigen Getreidepreise zu klagen, durch welche sich der Ackerbau gar nicht mehr lohne.«

»Und stand dieser Martens in näherer Verbindung oder im Verkehr mit Stegnitz?«

»O ja, ich glaube wohl, sie kamen sehr oft zusammen. Ihre Felder stießen aneinander, und so viel ich weiß, hat Stegnitz ihm auch bei der Bestellung und bei der Ernte mit seinen Leuten manche Hilfe geleistet, wenn ein Wetter drohte, oder wenn es sich um recht eilige Arbeiten handelte.«

»Wissen Sie vielleicht, ob sich dieser Martens jemals von Stegnitz Geld geborgt hat?«

»Das weiß ich nicht, denn weder er noch Stegnitz pflegten über solche Sachen zu sprechen. Aber wenn er einmal nöthig gehabt haben sollte, irgendwo Geldhilfe zu suchen, so ist er höchst wahrscheinlich zu allererst zu Stegnitz und zu keinem Anderen gegangen.«

Ich hatte diese Frage an den Schulzen nur gestellt, weil ich jetzt noch einen anderen Umstand in die Kombination mit hineinziehen wollte, nämlich den, daß aus der Kommode der Stegnitz'schen Eheleute nicht nur das baare Geld, sondern auch alle Quittungen und Schuldscheine entwendet worden waren. Etwas Sicheres natürlich wußte ich jetzt noch nicht, ich durfte nicht einmal wagen, auch nur den geringsten Schritt gegen den bisher unbescholtenen Martens zu unternehmen, wenn nicht der Mann selbst und die Untersuchung sehr schwer geschädigt werden sollten.

Ich begab mich mit dem Schulzen zurück nach dem Gehöft der Anna Stegnitz und nahm dort von ihr jetzt gern eine kleine Erfrischung an, weil ich ja schon Stunden lang von Hause entfernt war. Ich sprach ihr gegenüber den neuen Verdacht, der in dem Schulzen und mir aufgestiegen war, natürlich nicht aus, aber ich sagte zu ihr: »Machen Sie mir doch die Besucher namhaft, die in letzter Zeit häufiger zu Ihren Eltern kamen.«

Anna Stegnitz besann sich und nannte mir verschiedene Namen, unter anderen auch den des Martens.

»Sie sagten mir bereits einmal,« bemerkte ich darauf, »daß Sie nicht wüßten, wer denn eigentlich von Ihren Eltern Geld geliehen hätte, trotzdem Ihnen bekannt war, daß Schuldscheine von Ortsansässigen bei Ihren Eltern lägen. Können Sie sich nun doch nicht zufälliger Weise erinnern, ob Martens von Ihren Eltern Geld geliehen hatte?«

»Nein!« sagte Anna Stegnitz, begann aber plötzlich zu zittern und rief: »Aber um Gottes willen, was sagen Sie da? Was fällt mir denn ein? Martens war ja an jenem Sonntage Abends bei meinen Eltern zum Besuch!«

»So?« sagte ich überrascht. »Er war bei Ihren Eltern zum Besuch? Und wann ging er denn fort?«

»Das weiß ich nicht,« sagte Anna Stegnitz. »Sie wissen ja, Herr Kriminalrath, meine Eltern waren hinter das Verhältniß zwischen mir und Karl gekommen, und ich wagte mich daher nicht in ihre Nähe. Ich blieb auf meiner Kammer und ging sehr zeitig schlafen. Müde vom Weinen schlief ich auch bald ein, bis ich eben durch das schreckliche Geräusch erwachte. Bevor ich mich aber niederlegte, kam eins der Mädchen zu mir, um mich zu fragen, ob ich nicht etwas zum Abendbrod essen wollte, und dieses theilte mir auch mit, daß Martens bei meinen Eltern zum Besuch sei.«

»Weiß keines der Mädchen, wie lange Martens bei Ihren Eltern gewesen ist?«

»Das könnte man wohl erfahren,« sagte Anna. »Ich will die Mädchen rufen!«

»Nein, lassen Sie das,« entgegnete ich. »Das könnte uns sehr schädlich werden, und eine einzige unbedachte Frage kann Alles verrathen. Gehen Sie hinaus und suchen Sie die Mädchen ganz zufällig in ein gleichgiltiges Gespräch zu verwickeln. So können Sie vielleicht erfahren, wie lange Martens bei Ihren Eltern gewesen ist, ohne daß die Mädchen einen Argwohn schöpfen. Wenn ich selbst frage, so hat das gleich ein ganz anderes Ansehen und eine ganz andere Bedeutung.«

»Herr Kriminalrath,« fragte Anna zitternd, »haben Sie einen Verdacht? Ist dieser Martens –«

»Nichts, nichts, mein Kind! Es handelt sich hier um gar keinen Verdacht. Seien Sie aber nur recht vorsichtig beim Ausforschen der Mädchen!«

Anna Stegnitz ging hinaus und wir harrten mit Ungeduld auf ihre Rückkunft. Wir ahnten, daß wir auf einer Spur waren, die immer verdächtiger wurde. Nach einer Viertelstunde etwa kehrte Anna Stegnitz zurück und sagte: »Unsere Katharina erinnert sich genau, daß Martens gegen zehn Uhr Abends meinen Eltern gute Nacht sagte und hinausging.«

Diese Nachricht war ziemlich enttäuschend. Wenn Martens um zehn Uhr das Haus verlassen hatte, so war wohl kaum anzunehmen, daß er noch einmal zurückgekehrt sei und die That begangen habe. Ich empfahl mich bald darauf von Anna Stegnitz, um nach der Stadt zurückzufahren; draußen aber sagte ich zu dem mich hinausbegleitenden Ortsschulzen: »Der Verdacht scheint sich nicht zu bestätigen, aber ganz entkräftet ist er doch noch nicht. Beobachten Sie den Martens auf's Sorgfältigste, ohne daß er es merkt, und suchen Sie von seinen Bekannten etwas Näheres über sein Verhältniß zu dem ermordeten Stegnitz zu erfahren. Vielleicht kommen wir doch noch zu irgend einem Resultat. Seien Sie aber vorsichtig. Sie können sich selbst denken, was davon abhängt. Gute Nacht!«

Wenige Minuten später fuhr ich aus dem Dorfe hinaus und nach Hause zurück, unterwegs ununterbrochen über die neuen Erfahrungen nachdenkend, die ich in der Mordangelegenheit heute gemacht hatte. Noch in später Abendstunde nach meiner Rückkehr erfuhr ich etwas, was für die Untersuchung recht bedeutungsvoll schien. Karl Vogt hatte am Nachmittag nach dem Anstaltsgeistlichen verlangt, dieser war lange bei ihm in der Zelle gewesen und hatte mit ihm eine mehr als einstündige Unterredung gehabt. Dieser Umstand schien mir ein günstiges Zeichen zu sein. Offenbar war der krankhafte Trotz des jungen Mannes gebrochen. Vielleicht hatte ihn die Reue überwältigt und er hatte Hilfe und Schutz bei dem Priester gesucht, der es gewiß an Ermahnungen nicht hatte fehlen lassen.

Der Stationsaufseher der Abtheilung, in der die Zelle Karl Vogt's lag, theilte mir auch mit, daß der Gefangene nach der Unterredung mit dem Geistlichen ruhiger geworden sei, und daß er diesen dringend gebeten habe, ihn am nächsten Morgen wieder zu besuchen.

Nach meinen kriminalistischen Erfahrungen konnte ich mit Sicherheit darauf rechnen, daß der nächste Morgen wahrscheinlich ein umfassendes und ehrliches Geständniß des Verhafteten bringen würde.

In der That ließ mich denn auch Vogt am nächsten Morgen um eine Unterredung bitten, da er etwas zu Protokoll zu geben habe; er bat aber um die Erlaubniß, in der Begleitung des Anstaltsgeistlichen vor mir erscheinen zu dürfen. Ich ertheilte diese Erlaubniß, und bald erschien Karl Vogt, gebrochen an Leib und Seele, und sich auf den Arm des alten würdigen Mannes stützend, der Tausenden von verbrecherischen Herzen durch seine Menschenfreundlichkeit und Frömmigkeit wohlgethan hatte.

Der Prediger ergriff zuerst das Wort und sagte zu mir: »Herr Kriminalrath, ich bringe Ihnen hier einen jungen Menschen, dem Gott das Herz geöffnet hat und der Ihnen ein umfassendes Geständniß ablegen will. Er verdient aufrichtiges Mitleid, denn sein Herz ist zerrissen worden von den widersprechendsten Gefühlen. Und Sie, Karl Vogt,« wendete sich der Anstaltsgeistliche an den jungen Mann, »denken Sie daran, daß Gottes Wort höher steht, als alles Andere, daß sich ihm die Menschen in Demuth unterordnen müssen, selbst wenn sie glauben vergehen zu müssen; daß Gottes Wort verlangt, daß schon die irdische Gerechtigkeit den Mörder strafe. Nennen Sie ihn jetzt, wenn sich auch Ihre ganze Natur dagegen aufzulehnen scheint.«

»Ich bin bereit, Alles zu gestehen,« sagte Karl Vogt.

Ich ließ ihm einen Stuhl geben, weil er sehr erschöpft schien. Eine fast krankhafte Mattigkeit war bei ihm eingetreten, nachdem die geistige Anspannung nachgelassen hatte, in die er durch seinen Trotz hineingekommen war. Ich ließ ihm Zeit, sich zu sammeln, und endlich erzählte er, wenn auch stockend und hier und da eine Pause machend, Folgendes:

»Ich habe den Mord nicht begangen, aber ich bin ein Mitschuldiger, wenn auch gegen meinen Willen. Ich habe Jemandem ein heimliches Nachtquartier in meiner eigenen Kammer gewährt, und dieser Unglückselige hat die That begangen. Ich war ein armes Kind, und meine Mutter war eine verlassene Frau, die in Noth und Dürftigkeit starb. Ihr Mann war von ihr gegangen, als ich kaum geboren war. Ich habe von meinem Vater nie etwas gewußt, aber als ich Soldat war, kam eines Tages zu mir ein zerlumpter, elender Mensch direkt aus dem Zuchthause und sagte mir, daß er mein Vater sei.«

Karl Vogt bedeckte sein Gesicht mit den Händen und sein Körper schauderte, wohl in der Erinnerung an das erste Wiedersehen, das zwischen dem Sohne und dem Vater stattgefunden hatte. Nach einer Pause fuhr er fort:

»Ich mußte ihn als solchen anerkennen, wenn ich mich auch seiner schämte und wenn ich auch daran dachte, wie unrecht er an meiner Mutter und an mir selbst gehandelt hatte. Er war doch nun einmal mein Vater! Er verlangte Geld von mir, und ich gab ihm eine kleine Summe. Ich konnte es ja, denn ich wurde von meinen Pflegeeltern während meiner Dienstzeit reichlich unterstützt. Ich gab ihm fortan stets, wenn er nach der Kaserne kam, nur damit er wieder von mir ging, und als ich vom Militär entlassen wurde, schenkte ich ihm meine ganzen Ersparnisse und bat ihn dringend, mich nicht mehr aufzusuchen, besonders aber nicht auf dem Hofe des Stegnitz in Zellerndorf. Ich wollte nicht die Schande über mich bringen vor meinen Pflegeeltern und den ganzen Dorfbewohnern. Mein Vater versprach es mir auch und sagte mir, er ginge auf die Walze, das heißt, er wollte vagabundiren und sich nach Norden wenden.

Wirklich hörte ich auch Monate lang nichts mehr von ihm; da, an jenem Abend, als meine Pflegeeltern mein Verhältniß zu Anna entdeckten, traf ich vor dem Hofthor, gerade als ich das Haus verlassen wollte, um nach dem Krug zu gehen, meinen Vater. Er sah entsetzlich verkommen aus und fror und hungerte. Er hatte kein ganzes Kleidungsstück und keine ganzen Schuhe mehr auf dem Leibe, und bat mich flehentlich, ihm Obdach zu gewähren. Ich machte ihm erst Vorwürfe, daß er wieder gekommen sei, aber ich dachte auch daran, daß ich ja selbst am nächsten Tage von Zellerndorf fort mußte, daß auch ich ja ein Ausgestoßener und Heimathloser sei. Ich nahm den Vater auf und that das, was ich unter anderen Umständen vielleicht nicht gethan hätte, ich brachte ihn heimlich in meiner Kammer unter. Mein Vater erzählte nur seine Vagabondenfahrten, und auch ich mußte ihm mittheilen, wie es mir gegangen war. Als ich ihm erzählte, daß ich am nächsten Tage den Hof verlassen müsse, verlachte er mich und fragte mich, ob ich denn davon gehen wollte, ohne mich zu rächen, ob ich nicht die prächtige Gelegenheit ergreifen wollte, den Mann, der mich geschlagen, geschimpft und aus dem Hause gewiesen, um etwas Geld zu erleichtern.

Ich verwies meinem Vater diese schlechten Reden, und er kam mir so entsetzlich vor, daß ich mich weit fort von ihm wünschte und ihn verließ, um nach dem Dorfkruge zu gehen. Gott weiß es, daß ich nicht daran dachte, er könne den schrecklichen Plan, den er mir empfohlen, zur Ausführung bringen. Ich blieb länger als gewöhnlich im Krug, weil es mir das Herz brechen wollte, wenn ich daran dachte, daß dieser elende und verkommene Mann, der da heimlich in meiner Kammer schlief, mein Vater sei. Ich kehrte erst gegen ein Uhr nach dem Hofe zurück.«

Hier machte Karl Vogt eine Pause und mußte sich erst sammeln.

»Ich fand,« erzählte er dann bald stockend, bald sehr schnell weiter, »zu meinem Erstaunen die Oberthür im Hause ausgehoben. Mit Zittern und Zagen öffnete ich die Unterthür und eilte nach meiner Kammer, von schlimmen Befürchtungen getrieben. Dort machte ich Licht und sah, daß mein Vater nicht mehr anwesend sei. Ich fand Alles durcheinander geworfen, meine Kästen durchwühlt, und in dem Augenblicke kam mir der fürchterlich schmerzliche Gedanke, daß mein eigener Vater mich bestohlen habe. Aber da hörte ich plötzlich Stöhnen drunten in der Schlafstube meiner Pflegeeltern. Ich eilte erschreckt über den Hausflur, öffnete die Thür, die nur angelehnt war, und sah das Entsetzliche –. In demselben Augenblicke wußte ich, daß mein Vater die That begangen hatte, und ich glaubte, ich müsse wahnsinnig werden bei dem Gedanken. Ich habe wohl Minuten lang mit dem Licht in der Hand dagestanden, ohne mich bewegen zu können, dann trat ich an meine Pflegemutter heran und hob sie auf, um sie in das Bett zu legen. Sie athmete noch schwach. Dann weiß ich nicht mehr recht, was ich gethan habe. Ich wußte wohl, daß ich die Entdeckung verhindern müsse, daß mein Vater der Mörder gewesen sei, und ich handelte mechanisch in diesem Sinne. Ich fand die blutige Axt, mit welcher der Mord verübt worden war, ich fand in meiner Kammer die Schuhe stehen, die mein Vater zurückgelassen hatte, und als ich nach meiner Brust griff, fühlte ich dort das Blut meiner unglücklichen Pflegemutter, das mich wie Feuer brannte. Ich habe dann meine Kleidungsstücke, die Mordaxt und die Schuhe meines Vaters genommen und dieselben im Heuschober verborgen. Dann ging ich wieder zu den Leichen zurück, fand meine Pflegemutter aus dem Bette hängend, aber keine Spur von Leben war mehr in ihr. Dann bin ich wohl hinausgegangen in den Hof und habe geschrien wie ein Wahnsinniger, bis die Menschen kamen. Das ist Alles, was ich zu sagen habe.«

Nach einer kleinen Weile aber begann Karl Vogt nochmals:

»Ich wollte meinen Vater nicht auf das Schaffot bringen; ich habe gekämpft und gerungen mit meinem Herzen, bis der geistliche Herr auf meine Bitte zu mir kam und mir sagte, daß ich verpflichtet sei nach göttlichem und menschlichem Gesetze, den Mörder anzugeben, selbst wenn es mein eigener Vater sei. Ich habe es gethan, und Gott möge mir und ihm gnädig sein.«

Die Kraft des jungen Mannes schien erschöpft, er saß in sich zusammengesunken auf dem Stuhle, und ein langes Schweigen herrschte in dem Raume, während dessen man nur die eilige Feder des Protokollführers über das Papier hinkritzeln hörte. Ich blätterte in den Akten und fand den Brief, der aus Süddeutschland angekommen war; ich zog ihn heraus und sagte: »Kennen Sie die Handschrift Ihres Vaters?«

»Ich kenne sie wohl,« entgegnete Karl Vogt. »Er hat mir oft nach der Kaserne seine Brandbriefe geschrieben, in denen er Geld von mir verlangte.«

»Kennen Sie diese Handschrift?« fragte ich Karl Vogt und zeigte ihm den Brief.

»Es ist die meines Vaters,« entgegnete der junge Mann.

Ich ließ denselben abführen, nachdem das Protokoll verlesen worden, und er dasselbe unterschrieben hatte.

Als er hinaus war, begann ich zu überlegen. Sein Geständniß schien vollkommen Glauben zu verdienen. Er war demnach schuldlos, denn die indirekte Beihilfe, welche er dem Mörder durch die heimliche Aufnahme und die Gewährung des Nachtquartiers geleistet hatte, war ja keine beabsichtigte gewesen. Die ganze verwickelte Angelegenheit war aber damit noch gar nicht aufgeklärt. Es war ja bei dem Morde noch eine zweite Persönlichkeit betheiligt gewesen, das ergab sich klar aus allen Umständen und Aussagen.

Vogt's Vater war augenscheinlich der Mann, der über die Mauer geklettert war und das Gehöft auf diesem Wege verlassen hatte. Das bewies ja das Auffinden der Weste des Sohnes, die der Alte mit sich genommen und auf der Flucht verloren hatte. Wer aber war die andere Persönlichkeit, die nach der Aussage der Wittwe Banz durch die Thür neben dem Hofthor auf die Dorfstraße getreten war? Diese Person war anscheinend Vogt's Vater wohl bekannt. Er hatte sie ja in dem Schreiben, das, wie es nunmehr klar feststand, von seiner Hand herrührte, genau bezeichnet.

Ich wollte dem unglücklichen Karl Vogt nur etwas Zeit lassen, aber am Nachmittage ließ ich ihn mir wieder vorführen und verlangte von ihm, daß er mir das genaue Signalement seines Vaters angebe.

Er zögerte, und es schien ihm unendlich schmerzlich zu sein, die Gerechtigkeit selbst auf die Spur seines Vaters zu bringen, aber schließlich that er es doch und schilderte mir das Aussehen und die besonderen Kennzeichen seines Vaters. Zu den letzteren gehörten insbesondere die gestohlenen Sachen, mit denen er höchst wahrscheinlich bekleidet war.

Am Abend noch arbeitete der telegraphische Draht nach allen Richtungen hin, um allen Centralbehörden, insbesondere aber allen Behörden in Süddeutschland, das Signalement des alten Vogt mitzutheilen, damit seine Verhaftung bewirkt werde.

5.

Wie stand es nun aber mit Martens? War es jene geheimnißvolle Persönlichkeit, die außer dem alten Vogt während des Mordes im Gehöft gewesen war, und welchen Antheil hatte er an dem Morde?

Auch dieses Geheimniß sollte sich aufklären, weit früher, als ich es selbst dachte, und ebenfalls in einer außerordentlich überraschenden Weise. Während ich nämlich noch überlegte, ob nicht Karl Vogt nach seinem Geständniß aus dem Gefängniß zu entlassen sei, kam ein reitender Bote aus Zellerndorf, der einen Brief des Ortsvorstehers brachte.

Als ich das Schreiben erbrach, ahnte ich, daß es Wichtiges enthielt. Sein Inhalt war kurz, aber bedeutungsvoll und lautete:

»Martens ist geständig, den Mord begangen zu haben. Er ist lebensgefährlich krank. Blutvergiftung. Kann nicht transportirt werden. Was soll geschehen?«

Man hat als Kriminalist ja auch das Recht, hin und wieder einmal Mensch zu sein. Ich begab mich mit diesem Briefe zu Karl Vogt in die Zelle, um ihm mitzutheilen, daß er nach wenigen Stunden frei gelassen werde, daß sein Vater nicht der Mörder, und daß Martens geständig sei.

Die Nachricht wirkte auf den jungen Mann so furchtbar, daß er ebenso lautlos in Ohnmacht fiel wie in jenem Augenblick, in welchem ihm durch den Gendarm in Gegenwart der Leichen seiner Pflegeeltern die blutige Axt gezeigt worden war. Ich empfahl die Sorge für ihn dem Stationsaufseher und einem Gefangenenwärter und fertigte in aller Eile noch den Schein aus, durch welchen Karl Vogt in Freiheit zu setzen war; dann fuhr ich, begleitet von einem Protokollführer, wieder einmal nach Zellerndorf hinaus.

Anna Stegnitz trat mir entgegen mit Thränen in den Augen.

»Gott hat uns nicht zu Schanden werden lassen!« sagte sie. »Er hat unsere Bitten erhört!«

»Das hat er gethan,« sagte ich, »und schon heute Abend wird Karl Vogt bei Ihnen eintreffen; und wenn er vielleicht nicht auf Ihrem Hofe Aufnahme finden kann, damit nicht unnützes Gerede unter den Leuten entsteht, so wird er wohl vorläufig Unterkunft bei dem Ortsschulzen finden, den ich veranlassen werde, ihn aufzunehmen.«

»Ich danke Ihnen herzlich,« sagte gerührt Anna Stegnitz. »Welche ein Wiedersehen wird das geben! Aber glauben Sie mir, ich bin tief ergriffen von Mitleid und Schmerz über den unglücklichen Martens. Sie werden ja von ihm erfahren, wie er dazu gekommen ist, die schreckliche That zu begehen. Er ist der Mörder meiner Eltern, aber im Innersten meines Herzens thut er mir dennoch leid.«

»Und wie ist er zu« dem Geständnisse gebracht worden?« fragte ich.

»Das war ziemlich einfach,« entgegnete Anna Stegnitz. »Ich ging gestern zu ihm. Als er mich erblickte, veränderte sich sein Gesicht plötzlich, und als ich mich nach seinem Befinden erkundigte, begann er zu schluchzen und zu weinen. Er klagte über heftige Schmerzen im Fuße, und ich ließ daher sofort den Arzt holen. Der Arzt erklärte, es sei durch die Wunde und durch etwas, was in die Wunde hinein gekommen sei, eine Blutvergiftung eingetreten und Martens sei nicht mehr zu retten. Darauf ließ mich Martens wieder rufen und gestand mir, von Reue und Gewissensangst gequält, Alles. Er will Ihnen ja wohl jetzt sein Geständniß wiederholen.«

Eine Viertelstunde später saß ich an dem Krankenbett des Martens, der durch körperliche Schmerzen und furchtbare moralische und geistige Qualen gepeinigt wurde. Hier das Geständniß des unglücklichen Mannes, wie er es zu Protokoll gegeben hat:

»In der letzten Zeit ging es mir schlecht, und ich mußte Gelder aufnehmen. Ich war Wucherern in die Hände gefallen, und Stegnitz borgte mir dreihundert Thaler gegen Schuldschein, mit denen ich mich von den Halsabschneidern los zu machen gedachte. Es ging mir dann auch wieder eine Zeit lang besser, aber schließlich drängte Stegnitz auf Rückzahlung und sagte mir, er beabsichtige nächstens seine Tochter zu verheirathen und müsse baares Geld haben, um die Mitgift zahlen zu können. Bei mir war aber gar nicht an die Möglichkeit einer Rückzahlung zu denken, und das merkte wohl Stegnitz auch, denn er wurde immer dringender und dringender und drohte mir zuletzt mit der Subhastation. Ich dachte mit Schrecken daran, daß ich auf meine alten Tage mit meiner Frau von Haus und Hof gejagt werden sollte! Ich hatte zwar auch noch andere

Schulden, Stegnitz aber war mir der unangenehmste Gläubiger, weil er mir geradezu sagte, ich hätte ihn betrogen, als ich von ihm die Summe nahm, die ich jetzt nicht zurückzahlen könnte. Er setzte mir endlich einen Termin, bis zu dem ich wenigstens einen Theil des Geldes zurückzahlen sollte; alle meine Anstrengungen aber, mir die Summe zu beschaffen, waren vergeblich. Am Montag sollte die erste Rate gezahlt werden, und ich kam am Sonntag Abend noch zu den Stegnitz'schen Eheleuten und bat sie flehentlich, mir doch noch Frist zu geben. Stegnitz aber konnte recht eigensinnig sein, er ahnte wohl auch, daß er nicht mehr auf gütlichem Wege zu seinem Gelde gelangen würde, und er schlug es mir daher rund ab, mir noch eine weitere Frist zu gewähren. All' mein Bitten half nichts, und verzweifelt verließ ich Stegnitz endlich, nachdem ich ihm noch einige harte Worte gesagt hatte.

Gott weiß es, daß ich damals noch nicht an den Mord dachte, daß aber mein Herz voll Zorn gegen Stegnitz war! Der Gedanke, daß mein kleines Grundstück meistbietend verkauft werden, daß ich die Schande erleben sollte, auf meine alten Tage noch zum Bettler zu werden, ging mir nicht aus dem Kopf. In jenem Augenblick hätte ich Stegnitz alles Mögliche anthun können, wenn ich auch nicht an einen Mord dachte. Bei Gott, vor dem ich bald stehen werde, kann ich es beschwören, daß ich ihn nicht zu tödten gedachte!

Ich verließ seinen Hof und irrte zwecklos auf der Dorfstraße herum, denn ich traute mich nicht nach Hause zu meiner Frau, die mit Angst wartete, ob mir Stegnitz den erbetenen Ausstand gewähren würde. Ich achtete nicht auf die Kälte, und als ich zu frieren begann, dachte ich nur daran, daß ich bald vielleicht noch mehr Kälte zu ertragen haben würde, wenn ich erst als Bettler auf der Straße läge. Da faßte mich ein Zorn, ein furchtbarer Zorn gegen Stegnitz, und der Gedanke kam mir, mich dadurch an diesem Manne zu rächen, daß ich ihm sein Haus anzündete. Ich will es offen gestehen, daß ich die Absicht hatte, ihm sein Haus anzustecken. Wenn ich das meinige verlor, sollte er das seinige auch verlieren, und dann hoffte ich wohl auch, daß durch das Feuer der Schuldschein, durch den ich unglücklich gemacht werden sollte, mit verbrennen könnte.

Ich schlich mich nach dem Gehöft hin und stieg über den Bretterzaun, da ich die kleine Thür nicht zu öffnen vermochte. Dazu gehörte ein Haken, der von außen nach innen eingeschoben und mit dem der Riegel in die Höhe gehoben werden konnte; diesen Haken aber besaßen nur die Bewohner des Gehöftes. Ich schlich mich auf den Hof und zögerte hier doch noch, die That zu begehen, denn ich dachte daran, daß nicht nur der Schuldschein, sondern auch Menschen verbrennen könnten. Das ließ mich noch einen Augenblick überlegen, aber schließlich dachte ich an das Unglück, das mir bevorstand, und nachdem ich wohl eine halbe Stunde lang in dem Bretterschuppen gewartet hatte, schlich ich mich endlich auf das Haus zu, um das Strohschoberdach an der Ecke anzuzünden, wo sich die Wohnung der Stegnitz'schen Eheleute befand.

Bevor ich aber nach jener Ecke kam, hörte ich ein knarrendes Geräusch, und als ich mich umsah, entdeckte ich zu meinem Erstaunen, daß die Oberthür nicht geschlossen, sondern weit geöffnet war und im Winde sich knarrend in ihren Angeln drehte. Die Thür war geöffnet, von wem wußte ich nicht, aber in demselben Augenblicke kam mir ein Gedanke, der mich unwillkürlich zu der schrecklichen That brachte, nämlich der Gedanke, mich in das Haus einzuschleichen und den Schuldschein zu stehlen. Ich wußte ja genau, wo er lag, ich wußte, daß man bei uns die Stubenthüren nicht zu verschließen pflegt, ich wußte ferner auch, wie fest alle Leute im Dorf schlafen, wenn sie im sogenannten ersten Schlaf sind. Dieses Offenstehen der Thür schien mir wie ein Wink des Schicksals, ich fürchtete aber, ihr Knarren könnte Jemand aufwecken, deshalb hob ich sie auf und lehnte sie an die Wand. Auch wollte ich mir durch dieses Ausheben der Thür, wozu viel Kraft gehörte, den Rückweg sichern, wenn mir der Diebstahl gelungen wäre, und ich dachte auch daran, daß man mir vielleicht Hindernisse bei der Flucht bereiten könnte. Ich wollte deshalb nicht ohne Waffe den Diebstahl begehen, an einen Mord aber dachte ich immer noch nicht. Ich wußte, wo im Holzschuppen hinter den Brettern die Axt stand, denn ich war ja in dem Stegnitz'schen Hause so vertraut und bekannt, wie in meinem eigenen Gehöft. Ich holte die Holzaxt und stieg über die Unterthür hinweg in den Hausflur ein.

Eine Zeit lang horchte ich erst, dann tastete ich mich leise bis an die Stubenthür, hinter welcher die Stegnitz'schen Eheleute schliefen. Ich hörte durch die Thür hindurch die ruhigen Athemzüge der Schlafenden, drückte auf die Klinke der Thür, und diese öffnete sich geräuschlos. So befand ich mich im Schlafzimmer. Ich tastete mich weiter nach der Kommode hin und zog die Schublade auf. Aber ich fand die Papiere nicht sofort, und die Büchse, in welcher das Geld war, fiel um. Ich erschrak heftig und wagte nicht, mich zu bewegen. Erst nach einiger Zeit suchte ich im Finstern weiter, und bald knisterten auch in meiner Hand die Papiere.

In demselben Augenblick aber sah ich einen Lichtschein im Zimmer, und als ich mich entsetzt umwandte, erblickte ich die Ehefrau Stegnitz, die soeben ein Licht anzündete. Sie war wohl erwacht, hatte eines der Streichhölzer, die sie neben ihrem Bette gehabt, angesteckt und Licht angezündet. Sie sah mich erst ziemlich spät, und einen Augenblick lang starrten wir uns lautlos an. Ich sah den Schrecken auf ihrem Gesicht, sah, wie sie den Mund öffnete, um einen Schrei auszustoßen, ich weiß nicht mehr, wie es geschah, eine unsichtbare, unbekannte Macht hob die Holzaxt, die ich in der Hand hatte, und im nächsten Augenblicke lag die Frau Stegnitz, von einem Hieb über den Kopf betäubt, auf der Erde. Das Licht war ihr entfallen, aber es brannte auf dem Boden noch weiter. Ich sah im Schimmer dieses Lichtes, wie auch Stegnitz sich im Bette bewegte, und hatte nur noch das Bewußtsein, daß ich verloren sei, und Schreck, Angst und eine wahnsinnige Wuth befiel mich. Ich schlug auf Stegnitz los, zehnmal, zwanzigmal ohne Besinnen. Noch immer brannte das Licht an der Erde fort; ich nahm dasselbe auf und sah, daß die Frau sich bewegte. Sie blutete stark aus einer Kopfwunde, aber sie fing an, sich aufzurichten; ich stürzte auf sie los und schlug von Neuem auf sie ein. Aber bei dem letzten Schlage glitt ich in dem Blute der Frau aus und traf mich selbst in das Bein.

In meinen Träumen habe ich mir die schrecklichen Augenblicke so oft wiederholt, daß mir fast nichts davon in Vergessenheit gerathen ist, und doch weiß ich das Alles nur, als wäre es ein schrecklicher Traum gewesen. Ich ließ die Holzaxt neben den Leichen liegen, aber ich vergaß nicht, die Papiere, welche auf der Kommode lagen, zu mir zu stecken. Ich sah die Büchse, die, wie ich wußte, das Geld der Stegnitz'schen Eheleute enthielt, erbrach dieselbe und steckte das Geld zu mir. Dann verließ ich auf demselben Wege, auf dem ich gekommen war, das Haus und begab mich nach meiner Wohnung. Das Licht hatte ich sofort verlöscht, nachdem ich die

Blechbüchse erbrochen hatte, weil ich fürchtete, sein Schein könnte mich verrathen.

Ich habe vom ersten Augenblick an geglaubt, daß der Verdacht auf mich fallen könnte, als aber die ersten Tage vorüber gingen, ohne daß man sich um mich kümmerte, da glaubte ich doch, ich würde davon kommen. Aber Gott hat es nicht gewollt! Seine Hand und sein Zorn haben mich getroffen, und vielleicht wird er mir die Gnade gewähren, daß ich nicht auf dem Schaffot, sondern an dieser Krankheit sterbe.« –

Das hier kurz skizzirte Geständniß hatte mit den Querfragen mehrere Stunden gedauert. Martens war vollständig erschöpft, unterschrieb aber noch bei klarem Bewußtsein das Protokoll. Es handelte sich nun darum, zu erfahren, ob seine Frau etwas von der That gewußt habe. Er schwor uns aber zu, sie habe keine Ahnung von derselben gehabt, er habe auch das Geld und sogar die sämmtlichen Schuldscheine und Quittungen, die er gestohlen, ohne Wissen seiner Frau auf dem Boden verborgen. Sie habe geschlafen, als er heimgekehrt sei, und so sei es ihm gelungen, sich seiner blutbefleckten Kleidungsstücke zu entledigen. Nach seinen Angaben befanden sich dieselben im Backofen versteckt, wo wir sie auch richtig fanden. Ich hatte keinen Grund anzunehmen, daß die Frau mitschuldig sei oder um die That gewußt habe, und ich verzichtete daher auf ihre Verhaftung. Natürlich wurden aber vor der Thür des Krankenzimmers und auch unter den Fenstern desselben Posten von zuverlässigen Leuten aus dem Dorfe aufgestellt, und ich begab mich, nachdem dies Alles angeordnet, zum Ortsschulzen.

Hier fand ich Karl Vogt bereits vor. Er hatte sich nach seiner Entlassung sofort einen Wagen genommen und war nach Zellerndorf gefahren. Zwischen ihm und Anna hatte eine rührende Scene des Wiedersehens stattgefunden, dann war er nach dem Hause des Ortsschulzen gegangen.

So war denn die ganze Angelegenheit so ziemlich aufgeklärt, bis auf einen Umstand; und auch über diesen sollte es bald Klarheit geben. Aus Aschaffenburg kam nämlich ein Telegramm an, welches meldete, daß dort der Vagabund Vogt aufgegriffen worden sei. Man fragte an, ob er zu uns transportirt werden solle. Die schriftliche

Antwort lautete, den Transport zu unterlassen und Vogt in Aschaffenburg zu verhören.

Vogt gestand in dem alsbald vorgenommenen Verhöre zu, seinen Sohn bestohlen zu haben. Er hatte dessen Abwesenheit benutzt, um ihm den Koffer auszuräumen; mit der gemachten Beute wollte er eben seine Flucht bewerkstelligen, indem er den vorgesteckten Eisenpflock herauszog, welcher die Oberthür festhielt, da sah er, wie eine Gestalt über das Hofthor kletterte. Es war dies Martens, der Vagabund aber dachte, es sei der heimkehrende Sohn. Er zog sich daher schleunigst wieder in dessen Kammer zurück, um dort die Sachen schnell in den Koffer zu werfen. Er harte längere Zeit, lautlos auf das Eintreten Karl's, statt dessen aber hörte er ein leises Geräusch im Hausflur, hörte auch eine Thür gehen und lauschte nun angestrengt. Bald darauf hörte er im Zimmer der Stegnitz'schen Eheleute einen dumpfen Schlag und Fall. Aengstlich schlich er sich jetzt über den Flur dorthin und sah nun durch eine Spalte der Thür Martens und die blutüberströmten Leichen. Er wagte es nicht, sich zu bewegen oder zu schreien, weil er fürchtete, von dem Mörder ebenfalls getödtet zu werden. Dann lag es ja aber auch gar nicht in seiner Absicht, zu alarmiren; war er doch selbst auf unehrlichem Wege und im Begriff gewesen, mit dem gestohlenen Gut davon zu schleichen. Er behauptete, er habe vor Schreck an allen Gliedern gezittert, denn wenn er auch ein Vagabund sei, und wenn er auch ab und zu einmal gestohlen habe, so sei seine Hand doch nie mit Menschenblut befleckt worden. Er zog sich ängstlich in seines Sohnes Kammer zurück und sah bald darauf den Mörder das Haus verlassen, wobei er bemerkte, daß dieser den einen Fuß nachschleppte.

Zitternd überlegte der Vagabund in der Kammer seines Sohnes, was er jetzt thun solle. Da kam ihm der Gedanke, daß man ihn vielleicht selbst für den Thäter halten könne, vielleicht war aber noch mehr ausschlaggebend der Gedanke, daß jetzt die Gelegenheit zu einem Diebstahl um so günstiger sei, als man annehmen mußte, der Räuber habe auch diesen Diebstahl begangen. Er raffte daher das Bündel mit den Kleidungsstücken des Sohnes, das er bereits in den Koffer zurückgeworfen hatte, wieder auf und flüchtete aus dem Gehöft, indem er über die Mauer stieg. Seine Füße hatte er mit den Stiefeln seines Sohnes bekleidet und dafür seine ›Schlorren‹ zurückgelassen. Trotzdem er einen Theil des gestohlenen Geldes mit der rothen Weste verloren hatte, so hatte er doch noch so viel aus dem Koffer des Sohnes mitgenommen, daß er die Eisenbahn eine Strecke weit benutzen konnte. Dann hatte er sich fechtend und vagabundirend in Süddeutschland herumgetrieben und zufällig in einer Kneipe eine Zeitung gefunden, in der über den Mord berichtet wurde. Er erfuhr, daß sein Sohn des Mordes verdächtig sei, und deshalb schrieb er jenen anonymen Brief.

So hatte sich denn das sonderbare Zusammentreffen so verschiedener Umstände vollständig aufgeklärt. Das Aschaffenburger Gericht erhielt den Auftrag, den Vagabunden laufen zu lassen, da sein Sohn gegen ihn keinen Strafantrag wegen des Diebstahls zu stellen gedächte; Anna Stegnitz aber sandte ihm eine größere Summe Geld und forderte ihn auf, nach Amerika zu gehen. Der alte Vogt bedankte sich für die Sendung und versprach, Europa zu verlassen. Er scheint es auch gethan zu haben, denn man hörte von ihm nichts wieder.

Daß nach Ablauf des Trauerjahres Anna Stegnitz und Karl Vogt sich für's Leben verbanden, brauche ich kaum besonders zu erwähnen. Die Hochzeit war ein Freudenfest für das ganze Dorf, und die Bezeugungen von Theilnahme, Achtung und Liebe, die ihnen alle Bekannten und Freunde darbrachten, waren ihnen ein Beweis dafür, wie sehr alle Welt an ihnen gut zu machen suchte, was sie durch die fürchterliche That und ihre Folgen gelitten hatten.

Martens, der Thäter, starb wenige Tage nach seinem Geständniß an Blutvergiftung. –

Ich habe in meiner langjährigen Praxis als Kriminalist manchen verwickelten Fall zu führen gehabt, so viele Ueberraschungen aber, wie der Stegnitz'sche, hat mir keiner gebracht, und ich benutze daher, nachdem ich in den Ruhestand getreten, meine Muße zunächst dazu, ihn aufzuzeichnen. Möge er vor Allem meinen jungen Kollegen beweisen, daß selbst der dringendste Verdacht ein falscher, der belastetste Untersuchungsgefangene unschuldig sein kann.

Von den Zinken.

Kriminalistische Studie

(Nachdruck verboten.)

»Zinken« heißt Winke, Zeichen, Bezeichnung geben, und dieses der Gaunersprache angehörige Wort soll aus dem Zigeunerischen stammen und zwar von dem Worte » *sung*«, Geruch. » *Me sungewawa*« heißt: ich rieche, ich spüre, und so bedeutet in der übertragenen und germanisirten Form das Wort ein Zeichen, durch welches man eine Spur gibt oder erhält. Es mag hier gleich im Voraus erwähnt werden, daß das »Zinken« in der Gaunerwelt eine äußerst bedeutsame Rolle spielt, daß es als geheime Verständigung getrieben wird durch Laute, Geberden, Gesten, Mienen, durch schriftliche Zeichen, durch Winke, durch Stempel, durch Petschafte, durch Körperverletzungen, durch Wunden, durch die unscheinbarsten Aeußerungen körperlicher Mimik und Körperstellungen, kurzum, ein so gewaltiges Gebiet umfaßt, daß es fast eine Wissenschaft für sich allein ausmacht, und daß hier nur in ganz flüchtigen Umrissen dieses großartige Hilfsmittel des Gaunerthums gezeichnet werden kann.

In der ganzen Gaunerwelt verbreitet ist das » *Erkennungs-Zinken*«, d. h. ein eigenthümliches Zeichen, durch welches zwei einander begegnende Gauner sich erkennen. Dasselbe besteht in dem Zukneifen eines Auges und zwar desjenigen Auges, welches dem Begegnenden zugewendet ist; mit dem anderen Auge wird über die Nase hinweg nach dem Begegnenden geschielt, und es entsteht so eine Grimasse höchst origineller Art, an welcher sofort der Gauner und Verbrecher den Genossen erkennt. Außer diesem allgemeinen Erkennungszeichen gibt es noch ein anderes, welches in einem Schnippen mit den Fingern und auch in einer eigenthümlichen Bewegung mit der rechten Hand über die rechte Schulter besteht. Sowohl die verschiedenen Verbrecher- und Gauner-Kategorien, als selbst die einzelnen Länder des deutschen Reiches haben ihre verschiedenen Erkennungs-Zinken.

Daß diese Art, sich gewissermaßen als Kollegen im Verbrecher- und Gaunerthum zu begrüßen, aus dem Zunftwesen übernommen ist, unterliegt wohl keinem Zweifel. Noch heute wird jedem Gesellen, der auf der Herberge freigesprochen wird, von seinem Altgesellen ein ganzes System eigenthümlicher Zeichen mitgetheilt und eingeprägt, theils in Gesten, theils in sonderbaren Worten bestehend, durch welche er sich auf der Wanderschaft als zur Zunft gehörig legitimiren kann, wenn er in eine Herberge kommt, oder wenn er das Handwerk anspricht, um sich einen Zehrpfennig zu holen. Diese Zunftzeichen sind uralt und wahrscheinlich älter, als die Zinken des Gaunerthums, welche letzteren aber wiederum darauf hinführen, daß das ganze Verbrecherthum eine einzige große Gemeinde mit fast zunftmäßiger Gliederung und Einrichtung bildet.

Als Erkennungszeichen für spezielle Zwecke werden auch Losungsworte verwendet, die oft uralten Herkommens sind und sich bis auf die »Kabbala« zurückführen lassen. Sie dienen dazu, um dem in eine fremde Gegend kommenden Verbrecher Zutritt und Legitimirung als unverdächtiger Genosse beim Eintritt in sogenannte »kesse Pennen«, d. h. in jene Lokale zu verschaffen, in welchen sich die Verbrecher bestimmter Orte oder Bezirke zur Berathung, zu Trunk, Spiel und Völlerei aller Art zusammenzufinden pflegen.

Die nächste Kategorie der »Zinken« ist die der » Personen-Zinken«, die man gewissermaßen zur Heraldik des Verbrecherthums zählen kann, weil in der That sehr viele Verbrecher als Symbol, ebenso wie die Ritterschaft, Bilder von Thieren, Pflanzen oder Figuren zu führen pflegen. Es gibt Verbrecher, die den Hund oder Hundekopf, den Bären, den Hirsch, den Wolf, den Fuchs, die Eule (ein im Verbrecherthum sehr beliebter Vogel, wahrscheinlich, weil er ebenso wie die Verbrecher das Tageslicht scheut), das Rebhuhn, den Schwan, die Gans (»Breitfuß« in der Gaunersprache genannt) als ein ihnen persönlich zugehöriges Zeichen, z. B. im Petschaft, führen. Bekommen Genossen eine Nachricht oder einen Brief, der mit einem solchen Petschaft verschlossen ist, so wissen sie genau, selbst wenn ein solcher Brief nur ein einziges Wort ohne jede Unterschrift enthält, von wem er kommt, und daß er auch in der That die Benachrichtigung eines Kollegen und nicht eine polizeiliche »Falle« ist. Thier-, Pflanzen- und Menschenfiguren werden sogar von den Verbrechern als Unterschriften benutzt, indem ein roh gezeichnetes Bild des betreffenden Thieres unter einen Brief gesetzt wird, oder indem ein an eine Mauer oder an einen Bretterzaun mit Kreide roh gemaltes ähnliches Bild den vorübergehenden Genossen anzeigt, daß der betreffende Wappeninhaber dagewesen ist. Wir kommen auf diese Art von »öffentlichen Inschriften«, welche eine von der Polizei zumeist unterschätzte Bedeutung haben, des Näheren weiter unten zurück.

Erwähnen wollen wir noch hier, welche merkwürdige Bedeutung verschiedene Pflanzen und Bäume bei den Zigeunern haben. Selbst die in Deutschland lebenden Zigeuner zerfallen nämlich in verschiedene Stämme oder vielmehr Landsmannschaften, und zwar geben wissenschaftliche Experten ziemlich übereinstimmend an, daß das deutsche Zigeunerthum in eine altpreußische, eine neupreußische und eine hannoverische Landsmannschaft zerfällt. Jede dieser Landsmannschaften hat sich nun als Wahrzeichen einen Baum erwählt, den sie heilig hält, dessen Holz oder dessen Zweige zu ihren religiösen Kultusverrichtungen verwendet werden, von dem außerdem ein Exemplar stets auf die Gräber verstorbener Stammes- und Landsmannschaftsgenossen gepflanzt wird. Die Altpreußen halten heilig die Tanne, die Neupreußen die Birke und die Hannoveraner den Mehlbeerbaum.

Das große, unbegrenzte Reich der Natur wird auch noch in anderer Weise zum »Zinken« im Gaunerthum verwendet, z. B. durch das *Nachahmen von Thierstimmen.* Die meisten Verbrecher verstehen irgend eines Thieres weithin tönende Stimme (am beliebtesten ist das Hundegebell) täuschend nachzuahmen. Dadurch können sie, besonders zur Nachtzeit, auf weite Entfernungen hin ihren Genossen ein Zeichen von ihrer Anwesenheit geben und diese an der eigenthümlichen Art des Bellens den Freund und Chawer (Genossen) unterscheiden. Der im Gefängnißhofe auf und ab schreitende Posten, der außerhalb der Mauer um die nächtliche Zeit in bestimmten Pausen Hundegebell hört, achtet gewiß gar nicht weiter darauf, und doch sind diese Töne dem in Kerker und Banden sitzenden Verbrechergenossen ein Zeichen von außerhalb, das ihm zuruft: »Sei guten Muthes, Du wirst befreit werden, wir bieten Alles auf, um Dir zu helfen!« Auch das Eulengeschrei, das Schreien des Brunsthirsches und ähnliche Thierstimmen werden zum Zinken verwendet.

Eine andere Kategorie der Zinken wird gebraucht, wenn sich der Verbrecher mit anderen Genossen zusammen in Bedrängniß, d. h. im Verhör oder in Haft befindet. Der Leser wird sich vielleicht schon oft gewundert haben, weshalb vor den Fenstern in Untersuchungsgefängnissen selbst in den höchsten Etagen oben offene Holzkasten, sogenannte »Blenden«, angebracht sind, durch welche in die Zelle des Gefangenen wohl Licht fällt, die ihm aber jeden Ausblick nach außerhalb verwehren. Durch diese Blenden soll das »stumme Zinken« der Gauner verhindert werden. Die Meisten von ihnen, und insbesondere die raffinirten und alten Verbrecher, verstehen nämlich eine durch die Hände und Bewegungen der Lippen stumm herzustellende Geberdensprache, die sich zumeist auf der Basis des Taubstummen-Handalphabets aufbaut. Mit ungeheurer Schnelligkeit und Geschicklichkeit wissen sie sich auf diese Weise zu verständigen, und wären die Fenster der Untersuchungsgefängnisse nicht, wie oben angedeutet, versichert, so würde eine unablässige »Kasperei« (Kaspern heißt in der Gaunersprache sich in heimliches Einverständniß mit einander setzen) von Fenster zu Fenster, vom Fenster auf die Straße u. s. w. stattfinden.

Dem Untersuchungsgefangenen muß natürlich daran liegen, an seine in Freiheit befindlichen Genossen Nachrichten darüber gelangen zu lassen, wie er seine Aussage eingerichtet hat, damit sich dieselben mit denen der etwa vorgeschobenen Entlastungszeugen decken; es ist außerdem für ihn sehr wichtig, Nachrichten von außerhalb über den Gang der Untersuchung, über die Aussagen, welche seine isolirt verhafteten Genossen gemacht haben, zu erhalten. Trotz aller Wachsamkeit und Aufmerksamkeit, trotz der strengsten Beaufsichtigung findet daher zwischen den Insassen eines Gefängnisses und ihren verbrecherischen Genossen in der Freiheit und wiederum zwischen den Gefangenen unter einander ein beständiger geheimer Verkehr statt, der zumeist durch geschriebene Zettel, sogenannte »Kassibber«, vermittelt wird. Von diesen aber wollen wir an dieser Stelle nicht sprechen, sondern vielmehr von jenen erstaunenswerth und geschickt angelegten »Zinken«, durch welche die Wachsamkeit der Gefängnißbeamten und des Untersuchungsrichters getäuscht wird. Es kommt z. B. für einen Untersuchungsgefangenen von seiner Verwandtschaft eine hölzerne Büchse mit Butter an. Der Inhalt derselben wird sorgfältig untersucht, damit nicht etwa in der Butter ein beschriebener Zettel oder ein Werkzeug zum Ausbrechen, eine Uhrfedersäge, eine kleine Feile u. s. w. verborgen sei. Der Inhalt des unangestrichenen weißen Holzgefässes, und dieses selbst sind als vollkommen unverdächtig befunden und dem Untersuchungsgefangenen übergeben worden. Zehn Minuten später weiß der Gefangene so viel über den ganzen Gang der Untersuchung, über die Aussagen der Zeugen, über die Aussagen seiner mitverhafteten Genossen, daß höchstwahrscheinlich die ganze Untersuchung gegen ihn zwecklos, und die beabsichtigte Verurtheilung und Bestrafung unmöglich sein wird. Die Angehörigen des eingesperrten Verbrechers haben nämlich folgenden Kniff angewendet: Sie haben Buchdrucktypen genommen, haben die Buchstaben der Typen auf die Wand des hölzernen Gefässes ausgedrückt, ja sogar etwas eingeschlagen, bis so in einer Art Druck die ganze Nachricht, die sie dem Gefangenen zu geben haben, deutlich aufgepreßt erschien. Dann wurde ein Messer genommen und das Holz der Büchse an der Stelle, wo die Buchstaben aufgedrückt waren, so lange geschabt, bis die Eindrücke vollkommen verschwanden. Selbst für ein geübtes Auge ist jetzt von diesen Typenabdrücken nichts mehr zu sehen, der Gefangene hat aber nur nöthig, das Holz mit Wasser anzufeuchten, und sofort quillt dasselbe auf, und die eingeprägten Buchstaben treten auf's Neue hervor, so daß er sie deutlich lesen kann. Wenn der Leser sich von der Art und Weise dieser »Zinkerei« selbst überzeugen will, so nehme er den ersten besten Bleistift und schabe mit einem Messer den Firmastempel herunter, bis nichts mehr von demselben zu sehen ist. Er tauche dann dieses abgeschabte Bleistiftende in Wasser, und zu seiner Ueberraschung wird sofort die Schrift wieder hervortreten.

Es handelt sich aber auch für die im Gefängniß Sitzenden darum, Nachrichten hinaus zu befördern. Bekanntlich ist es den Gefangenen gestattet, an ihre Angehörigen zu schreiben, jedoch müssen alle Briefe durch die Hände des Untersuchungsrichters gehen, der sie erst prüft, und in dessen Bureau auch gewöhnlich die Couvertirung dieser Briefe erfolgt. Bei diesem Briefschreiben nun gibt es eine ganze Menge von »Zinken«, die wiederum fast eine ganze geheime Wissenschaft ausmachen. Den meisten Gaunern z. B. ist bekannt, daß, wenn sie von einem Genossen einen Brief erhalten, dessen erste Zeile krumm ist, dieses Zeichen bedeute, daß der Brief unter dem Druck eines gewissen Zwanges, einer Beaufsichtigung geschrieben ist, und daß der ganze Inhalt das Gegentheil von dem bedeutet, was eigentlich in demselben gesagt worden ist. Durch einen Schnörkel an der Unterschrift, durch ein dem Untersuchungsrichter durchaus unverdächtiges Zeichen bei Angabe der Adresse oder am Kopf des Briefes, dort, wo das Datum hingesetzt wird, vermag der Gefangene seinen außerhalb des Gefängnisses weilenden Genossen und Angehörigen, die natürlich von dieser Art »Zinkerei« Kenntniß haben müssen, höchst bedeutsame Winke und Zeichen zu geben, so daß z. B. einzelne Untersuchungsrichter so weit gehen, nie den Originalbrief eines Gefangenen abzuschicken, sondern denselben von der Hand eines Beamten kopiren zu lassen, da sie in der That sonst nicht wissen können, ob sie nicht selbst unbewußt zum Helfershelfer bei der Beförderung von unerwünschten Nachrichten Seitens der Gefangenen an ihre Angehörigen werden. Auch selbst im Wiederholen und Ausstreichen von Worten, in der Wiederholung derselben Redewendungen liegt in einem solchen Briefe oft für den Empfänger eine bestimmte Bedeutung, und in solchen Fällen wird selbst durch Kopiren des Briefes von Beamtenhand, wobei ja die wiederholten Phrasen nicht vermieden werden können, doch die gaunerische Absicht auf Verständigung nach außerhalb nicht vollständig vereitelt.

Während der Verbrecher, so lange er in Freiheit ist, nur der Gegenwart lebt und nicht an die Zukunft denkt, ändert er dieses Lebensprinzip, sobald er im Gefängniß ist. Er denkt dann nur an die Zukunft, und es steht fest, daß z. B. Verbrecher, die zu fünfzehn Jahren Zuchthaus verurtheilt sind, oft vom ersten Tage der Strafverbüßung an schon Pläne für neue Verbrechen machen, die sie nach ihrer Entlassung verüben wollen. Auf diese Pläne für die Zukunft sind die eigenthümlichen Malereien zurückzuführen, die man oft innerhalb mancher Gefängnißzellen findet. Diese Malereien bestehen wiederum aus Figuren, aus Blättern, aus Kreuz- und Quer- und Schlangenlinien, und sind oft so geschmackvoll und geschickt ausgeführt, daß sie der Gefängnißwärter stehen läßt, selbst wenn der Gefangene aus der Anstalt fortkommt, dem nach dem Glauben des Gefängnißbeamten diese Malereien nur die Zeit vertreiben sollten. Dieselben sind aber oft in Wahrheit nichts Anderes, als eine Art verbrecherischer Rebus, eine Mittheilung, in gaunerischer Hieroglyphenschrift abgefaßt. Der nächste Eingeweihte, der jene Zelle bezieht, erfährt daraus z. B, wie die Gelegenheiten zum »Kaspern« und »Kassibbern« in dem Gefängnisse und in der Nähe der Zelle sind, wie man sich mit dem betreffenden Stationsaufseher stellen, wie man den Untersuchungsrichter betrügen kann, endlich enthalten sie vielleicht auch Aufträge, von denen es nicht darauf ankommt, wenn sie erst nach Jahren ausgeführt werden, und es steht vielleicht in dieser graphischen Darstellung an der Wand dort: »Eingeweihter, der Du hier hereinkommst, geh' sofort, wenn Du entlassen bist, zu dem und dem und sage ihm das und das. Geschrieben am so und so vielten.« – Allerdings kann eine solche Schrift nur ein zur engeren Genossenschaft gehöriger Eingeweihter lesen, und es ist selbst dem gewiegtesten Kriminalbeamten, dem routinirtesten Untersuchungsrichter unmöglich, sich in diese Art Geheimschrift vollständig hineinzuarbeiten.

So wie aber solche *Malereien, Inschriften und Zeichnungen* innerhalb der Gefängnißzellen sich vorfinden, so bringt sie der Verbrecher auch außerhalb des Gefängnisses überall da an, wo er es für nöthig erachtet, und zwar an Orten, die aller Welt zugänglich sind; so z. B. an Straßenecken, an Wegweisern, an den Mauern von Kirchen und Kapellen, an Hofthoren, an langen Mauern, die Grundstücke umsäumen und an denen ein Weg vorbeiführt, an Bahnhöfen und ganz besonders gern in den Aborten der Bahnhöfe. Der Leser hat gewiß beim Anblick solcher Inschriften bisher nicht geahnt, daß es sich hier sehr oft nicht um Schmierereien müßiger Hände, sondern um gaunerische Verständigungen handelt, daß ein ganz harmloser Name mit dem Datum des betreffenden Tages darunter für den nachkommenden Genossen bedeutet, daß sein Freund hier gewesen ist, und daß er sich auf dem betreffenden Bahnhofe oder vor dem betreffenden Gebäude an einem bestimmten Tage und zu bestimmter Stunde wieder einfinden wird.

Diese Inschriften bestehen zumeist in Namen, in Zeichnungen von Thieren, welche das Wappen des betreffenden Verbrechers bilden, von Bäumen und von Baumblättern bestimmter Form, die das Symbol eines Verbrechers oder seines Namens bedeuten; sie bestehen endlich aus kabbalistischen Kreuz- und Querstrichen, und fast nie fehlt innerhalb dieses Gekritzels und Geschreibsels ein Pfeil, welcher nachweislich seit bereits vier Jahrhunderten in Deutschland ein geheimes Zeichen im Verbrecherthum ist. Dieser Pfeil deutet mit seiner Spitze die Richtung an, die der betreffende Verbrecher genommen hat. Striche durch den Schaft oder durch die Fiederung haben ebenfalls ihre ganz bestimmte Bedeutung, durch welche für Genossen oft wichtige Mittheilungen gemacht werden. Diese Zeichen, durch welche angedeutet werden soll, daß irgend Jemand dagewesen ist, oder daß ein Verbrecher an dieser Stelle in den nächsten Tagen einen Genossen erwarte, oder durch welche irgend eine Mittheilung über ein vollbrachtes Verbrechen gemacht oder eine Warnung vor einer drohenden Gefahr für die Genossen ausgedrückt werden soll, findet man selbst an Stellen, wo ihnen nur ein kurzes Dasein beschieden sein kann, nämlich im Sand, ja im Winter selbst im Schnee.

Namentlich sind diese » *Nachrichten-Zinken*«, wie wir dieselben nennen möchten, heute noch dort in Gebrauch, wo Lesen und Schreiben eine gänzlich unbekannte Kunst ist, nämlich bei den Zigeunern. Doktor Richard Liebich in seinem trefflichen Werk schreibt über diese Art Zinken Folgendes:

»Ein Fetzen seines Kleides, den der Zigeuner an einem Baum oder Strauch befestigt, gilt als Zeichen, daß er hier gewesen ist. Solchen Fetzen begegnet man oft in Wald und Feld an Baum und Busch; der Aberglaube geht scheu an ihnen vorüber, weil er wähnt, es seien Krankheiten hineingebannt, welche die ergreifen, die sie zu berühren wagen sollten. An jedem Kreuzwege, den ein Einzelner oder eine ganze Bande passirt, wird ein solches Zeichen zurückgelassen, welches die eingeschlagene und von den Nachfolgenden demgemäß einzuschlagende Richtung andeutet. Seitwärts von den Kreuzwegen wird auch oft zur Sommerszeit oder im Winter bei wenig Schnee ein Baumästchen mit mindestens drei Zweigen dergestalt in die Erde gesteckt, daß die Spitze des mittleren, des Hauptastes, die angenommene Richtung nachweist, während die Nebenflächen sich gleichsam als Flügel ausbreiten. Oder man schichtet drei Steine übereinander, von denen der größte die Basis bildet, der kleinste dagegen obenauf liegt. Oder man macht drei Parallel laufende, durch einen Querstrich verbundene Striche, deren mittlerer länger ist, als die beiden anderen,

in den Sand, und zwar so tief, daß sie nicht so bald verweht werden können.«

Sehr beliebt war diese Art von Zinken, durch welche Nachrichten gegeben wurden, schon bei dem ungeheuerlichen Bettlerthum des Mittelalters. Es wurden zur Nachricht für nachkommende Genossen an Zäunen und Häusern bestimmte Zeichen angebracht, welche bedeuteten z. B.: »Nimm Dich in Acht, auf diesem Gehöfte ist ein böser Hund!« oder: »Die Leute hier geben nichts, gib Dir keine Mühe!« oder: »Hier findest Du Unterkunft! Die Leute kaufen auch unredlich Gut!« oder: »Weine nur hier recht tapfer, die Leute sind sehr mitleidig!«

Noch ein »Zinken« muß schließlich erwähnt werden, weil er zu den brutalsten des ganzen Verbrecherthums gehört. Es ist derjenige »Zinken«, durch welchen *Verräther* gekennzeichnet werden. Bekanntlich sind Treu und Glauben im Verbrecherthum nicht zu finden, und einzelne Verbrecher geben sich gegen Bezahlung dazu her, der Polizei als sogenannte »Vigilanten« Dienste zu leisten und ihre Genossen zu verrathen. Diese »faulen Jungen« sind natürlich bei den anderen Verbrechern sehr verhaßt und entgehen selten der Rache derselben. Haben die *Verbrecher* einmal einen solchen Verräther so in der Gewalt, daß sie mit ihm anfangen können, was ihnen gefällt, so wird er vor Allem barbarisch durchgeprügelt und dann »gezinkt«, d. h. es wird ihm in die Wange oder in die Stirn ein langer blutiger Doppel-Einschnitt gemacht, dessen Narbe während des ganzen ferneren Lebens des Verräthers bleibt. Dieses »Kainszeichen« soll alle »ehrlichen Verbrecher« vor dem Verräther warnen und diesem sein schnödes Handwerk ferner unmöglich machen.

Über tredition

Eigenes Buch veröffentlichen

tredition wurde 2006 in Hamburg gegründet und hat seither mehrere tausend Buchtitel veröffentlicht. Autoren veröffentlichen in wenigen leichten Schritten gedruckte Bücher, e-Books und audio-Books. tredition hat das Ziel, die beste und fairste Veröffentlichungsmöglichkeit für Autoren zu bieten.

tredition wurde mit der Erkenntnis gegründet, dass nur etwa jedes 200. bei Verlagen eingereichte Manuskript veröffentlicht wird. Dabei hat jedes Buch seinen Markt, also seine Leser. tredition sorgt dafür, dass für jedes Buch die Leserschaft auch erreicht wird.

Im einzigartigen Literatur-Netzwerk von tredition bieten zahlreiche Literatur-Partner (das sind Lektoren, Übersetzer, Hörbuchsprecher und Illustratoren) ihre Dienstleistung an, um Manuskripte zu verbessern oder die Vielfalt zu erhöhen. Autoren vereinbaren direkt mit den Literatur-Partnern die Konditionen ihrer Zusammenarbeit und partizipieren gemeinsam am Erfolg des Buches.

Das gesamte Verlagsprogramm von tredition ist bei allen stationären Buchhandlungen und Online-Buchhändlern wie z. B. Amazon erhältlich. e-Books stehen bei den führenden Online-Portalen (z. B. iBookstore von Apple oder Kindle von Amazon) zum Verkauf.

Einfach leicht ein Buch veröffentlichen: **www.tredition.de**

Eigene Buchreihe oder eigenen Verlag gründen

Seit 2009 bietet tredition sein Verlagskonzept auch als sogenanntes "White-Label" an. Das bedeutet, dass andere Unternehmen, Institutionen und Personen risikofrei und unkompliziert selbst zum Herausgeber von Büchern und Buchreihen unter eigener Marke werden können. tredition übernimmt dabei das komplette Herstellungs- und Distributionsrisiko.

Zahlreiche Zeitschriften-, Zeitungs- und Buchverlage, Universitäten, Forschungseinrichtungen u.v.m. nutzen diese Dienstleistung von tredition, um unter eigener Marke ohne Risiko Bücher zu verlegen.

Alle Informationen im Internet: **www.tredition.de/fuer-verlage**

tredition wurde mit mehreren Innovationspreisen ausgezeichnet, u. a. mit dem Webfuture Award und dem Innovationspreis der Buch Digitale.

tredition ist Mitglied im Börsenverein des Deutschen Buchhandels.

Dieses Werk elektronisch lesen

Dieses Werk ist Teil der Gutenberg-DE Edition DVD. Diese enthält das komplette Archiv des Projekt Gutenberg-DE. Die DVD ist im Internet erhältlich auf **http://gutenbergshop.abc.de**

Zeitfracht Medien GmbH
Ferdinand-Jühlke-Straße 7
99095 Erfurt, Deutschland
produktsicherheit@kolibri360.de